Virginia C. Andrews™

Star

Traduit de l'américain
par Frédérique Le Boucher

J'AI LU

Titre original :
STAR
Pocket Books, a division of
Simon & Schuster Inc., N.Y.

PROLOGUE

J'étais censée participer à ma deuxième séance de thérapie de groupe chez le Dr Marlowe. Pourtant, quand la voiture de ma grand-mère s'est arrêtée au pied du perron, je ne suis pas descendue tout de suite. Je me disais : *Ma vieille, il ne te reste plus qu'à lui dire de faire demi-tour et à rentrer bien gentiment à la maison. Qu'est-ce que ça pourra bien t'apporter de raconter ta vie à ces trois filles de riches, de toute façon ?* Bon, Cathy – ou Cat, comme l'avait surnommée Misty – n'avait sans doute pas été aussi pourrie gâtée que les deux autres, mais quand même. Qu'est-ce que je pouvais bien avoir de commun avec elles ? On n'avait même pas la même couleur de peau, pour commencer.

Au moment où la voiture de mamie s'était engagée dans l'allée, j'avais vu la limousine de Jade démarrer. Je m'étais dit : *Je ne suis pas la première, c'est déjà ça*. Je me demandais si Cat serait là. Pendant toute la séance de la veille, on aurait cru une chatte sur un banc mouillé : toujours prête à bondir et à filer en douce à la première occasion. Pendant que Misty nous racontait son histoire, Cat soupirait, se tortillait, rivait les yeux au plancher ou au plafond : n'importe où pourvu qu'elle ne risque pas de croiser son regard. Sans mentir, si elle avait pu se planquer sous le canapé, je crois bien qu'elle l'aurait fait.

Mon histoire n'avait rien à voir avec celle de Misty. Elle ne parlait pas de fils à papa vivant dans d'immenses propriétés avec salle de réception et tout le tralala. Et ce n'est pas moi qui serais allée me plaindre de crouler sous les jouets ou sous les vêtements hors de prix. Ceux qu'on m'avait donnés n'auraient même pas suffi à remplir une seule de leurs étagères, je parie. Et je n'allais pas non plus critiquer des parents incapables d'assumer leur ego : ma mère se moquait bien de savoir si son maquillage était tendance, si elle protégeait correctement sa peau ou si sa coiffure et sa toilette étaient du dernier chic. Quant à papa, je n'arrive même pas à l'imaginer en survêt' griffé et encore moins dans un club de gym huppé. Si Cathy la chatte avait trouvé l'histoire de Misty dur à avaler, elle allait sûrement s'étrangler quand je commencerais à raconter la mienne, ou, à supposer qu'elle tienne le premier quart d'heure, tomber raide avant la fin !

La question étant : est-ce que je voulais la raconter, ma vie, justement ? Qu'est-ce que ces trois filles blanches allaient bien pouvoir me dire, sur moi ou sur mes galères, que je ne savais pas déjà, hein ? Qu'est-ce que le Dr Marlowe attendait de nous, au juste ? Quoi que j'aie pu trouver à dire à Misty, je ne lui avais été d'aucune aide et je ne voyais vraiment pas ce qu'elle pourrait me dire pour m'aider. Quant à la Jade, avec son air de pimbêche, là, j'étais sûre qu'élégamment assise sur son bout de canapé, elle allait garder le nez en l'air, du début à la fin. Elle ne s'abaisserait tout de même pas à poser les yeux sur mon humble personne. J'aurais déjà dû m'estimer heureuse qu'elle daigne rester dans la même pièce que moi, pendant que je parlais, j'imagine. Tu parles d'un privilège ! En tout cas, on pouvait compter sur elle pour me le faire sentir.

Rien que d'y penser, je m'en étais tournée et retournée dans mon lit, toute la nuit. Je les voyais ricaner, en me montrant du doigt, ou pincer le bec parce qu'à leurs yeux mon histoire ne méritait pas une seconde de leur attention. Je ne voulais pas mettre les pieds dans ce maudit cabinet si c'était pour supporter leurs petits sourires méprisants : même si le ridicule ne tue pas, je n'avais aucune envie d'en faire les frais.

Étonnée de mes hésitations, mamie me dévisageait.

— Qu'est-ce que tu fabriques, Star ? Tu as l'intention d'rester assise là, toute la matinée ? J'ai du travail qui m'attend, moi.

— Ça ne sert à rien de venir ici, mamie, je lui ai répondu, en me tournant vers elle. C'est du temps de perdu pour tout le monde.

Mais mamie n'est pas du genre à se laisser embobiner.

— Oui, bon, mais les docteurs et le juge n'sont pas d'cet avis. Et c'est le seul qui compte dans cette affaire. Alors, tu f'rais mieux d'y aller, maintenant, Star, m'a-t-elle répliqué. Je n'pourrais pas en supporter beaucoup plus, tu sais. Surtout après tout c'que j'ai déjà dû endurer. Pas avec mon pauv'cœur qui bat la breloque comme une vieille horloge fatiguée avec son tic-tac de grand-père malade.

Mamie savait parfaitement s'y prendre pour obtenir de moi tout ce qu'elle voulait. Je ne pouvais rien imaginer de pis que ma grand-mère faisant une deuxième crise cardiaque. Pour moi, c'était l'horreur absolue. Ça me terrifiait. Il ne nous restait plus qu'elle : c'était la seule personne au monde qui pouvait encore s'occuper de nous, la seule personne au monde qui nous aimait. Et on le lui rendait bien, Rodney et moi.

J'ai ouvert la portière et j'ai commencé à sortir de la voiture.

— OK. Je suppose que j'suis privée de dessert, c'matin.

Elle avait chantonné ça, en prenant un air vexé, les yeux braqués sur le pare-brise, comme si c'était à lui que le reproche s'adressait.

J'ai secoué la tête et je me suis retournée pour lui planter un baiser sur la joue. Au moment où je m'apprêtais à partir, elle m'a agrippé la main, si fort que j'en ai eu des frissons dans le dos. Ça m'est remonté jusque dans la nuque. Je l'ai regardée. Son visage ressemblait à une de ces vieilles théières de porcelaine, si belles avec toutes leurs minuscules craquelures, mais si fragiles qu'au moindre choc elles risquent de se briser en mille morceaux.

On a les mêmes yeux, mamie et moi, sauf que les miens sont un peu plus ronds, et puis que, bizarrement, dans les siens, il y a de l'espoir qui brille parfois ; plus souvent que dans les miens, en tout cas. Mais, ce matin-là, ce n'était pas de l'espoir que mamie avait dans les yeux, non. C'était de l'inquiétude. Ils étaient même si lourds d'inquiétude qu'elle semblait prête à les fermer et à poser sa tête sur cet oreiller qu'elle prétend rempli de beaux rêves, comme s'il n'y avait qu'à demander pour en faire un.

Qu'est-ce que j'aimerais avoir un oreiller comme ça !

Mamie a traversé tant d'épreuves dans sa vie ! Elle a eu tant de malheurs et elle les a ensevelis si profondément, sous sa montagne de souvenirs, que je ne sais même pas à quoi ils ressemblent. Elle ne veut pas que je le sache. Si je lui pose trop de questions sur sa jeunesse, ou sur son passé en général, elle se contente de secouer la tête en disant : « T'as pas besoin d'ça pour nourrir la haine qui t'ronge le cœur, Star. Ton père et ta mère en ont fait assez pour l'engraisser à vie, et elle est déjà bien assez grosse com'ça. »

— Qu'est-ce qu'il y a, mamie ?

Elle me serrait la main si fort qu'un peu plus elle me l'aurait broyée.

— Laisse-lui au moins une chance, à c'Dr Marlowe, Star. Elle est là pour t'aider, n'l'oublie pas. Ne t'ferme pas toutes les portes, comme tu l'as fait tant d'fois déjà, mon p'tit. T'es trop jeune pour jouer les causes perdues, t'entends ? Laisse ça à ta mère. Elle a toujours aimé jouer c'rôle-là. Mais, toi, tu vas m'jeter ces haillons de bonne à rien aux orties. Ils n'sont pas faits pour toi.

— Oui, mamie, lui ai-je répondu en souriant.

Mamie ! Sous ses dehors de gentille petite vieille, c'était de l'acier trempé. Ah ! si j'avais pu hériter ne serait-ce que d'une miette de cet acier-là, je serais probablement passée au travers de toutes les tempêtes qui se lèveraient sur ma route. Et ce n'était sans doute pas ça qui manquerait.

Elle m'a lâché la main et je suis sortie de la voiture.

— Et n't'en va pas regarder de haut ces autres filles ! Tout ça parce qu'elles viennent de familles où c'est qu'y a d'l'argent, m'a-t-elle sermonnée.

J'ai secoué la tête.

— Qu'est-ce que tu y connais, toi, aux gens qui ont de l'argent, mamie ? Tu n'as jamais eu d'amis riches, à ce que je sache. Alors, comment tu pourrais me donner des leçons sur la façon de traiter ces gens-là, hein ?

— Oh ! je n'sais p't-être pas jouer les raisonneuses comme toi, ma p'tite fille, mais pas besoin d'avoir eu des amis riches pour savoir que posséder beaucoup d'argent n'a jamais empêché personne d'avoir besoin d'aide et d'chaleur humaine. Crois-tu qu'ces autres filles s'raient là sinon ?

C'est qu'elle en avait dans la tête, ma mamie ! À croire que ça avait du bon d'être allée à rude école. Et, à cette école-là, mamie aurait pu sortir major avec les félicitations du jury. Non pas qu'il y ait là de quoi être fière. Personne n'irait s'en vanter, j'imagine, surtout pas mamie.

— OK, Mrs Anthony.

Chaque fois que je l'appelle par son nom, elle sait que je la taquine.

— Tâche de tenir ta langue chez cette femme-là, mon p'tit, et sois polie, t'entends ?

— Oui, mamie.

— Je reviendrai te chercher à la même heure qu'hier.

Et elle a démarré.

Je l'ai regardée partir, ce petit bout de bonne femme qui ne fait même pas son mètre soixante, mais qui a des épaules assez larges pour se charger des responsabilités que ma jeune mère n'a jamais été capable d'assumer. Mamie a encore du courage à revendre et elle peut marcher la tête haute. Elle ne s'en prive pas, d'ailleurs.

Mamie porte toujours ses cheveux gris bien lissés en arrière, retenus par un petit chignon bien serré. Elle ne s'autorise pas le moindre maquillage, à l'exception d'un soupçon de rouge à lèvres. Ses lunettes sont la seule fantaisie qu'elle se soit jamais permise. On dirait des lunettes de grand couturier, avec leur monture d'écaille foncée. Elles lui donnent cette petite touche d'élégance qui suffit à la rassurer quand elle doit paraître en public. Elle adore ça quand ses vieux amis la charrient en l'appelant « Miss America ».

C'était une très jolie femme, autrefois, et, malgré toutes ses peines et toutes les déceptions que la vie lui avait réservées, elle ne fait pas ses soixante-huit ans. Contrairement à la plupart de ses amies, mamie n'a rien d'une grenouille de bénitier, mais elle croit profondément en la bonté des hommes et en la promesse d'un paradis éternel au terme de ce chemin de croix qu'est, à ses yeux, l'existence. Pour elle, on peut toujours trouver plus malheureux que soi et elle s'apitoie plus facilement sur le sort des miséreux que sur le sien. D'ailleurs, de tout ce qu'elle m'a transmis, il n'y a rien de plus important, pour elle, que le mépris et le rejet catégorique de toute complaisance envers soi-même. Elle dit que c'est comme « des fers aux pieds qui vous enchaînent au malheur et à l'échec » et elle me répète tout le temps : « Quand la vie t'a un peu bousculée, ça ne sert à rien d't'apitoyer sur ton sort. Au contraire, il faut t'relever et continuer d'avancer jusqu'à c'que l'temps soit venu de poser tes bagages et de remettre ta destinée entre les mains du Seigneur. »

Peut-être qu'il faut être vieux pour croire à tout ça. En tout cas, moi, je n'étais pas prête à accepter sans broncher les déceptions et les échecs pour continuer vaille que vaille, comme si de rien n'était. D'où qu'ils viennent et si forts qu'ils soient, j'entendais bien faire savoir aux vents qui s'y essayaient qu'ils pouvaient toujours souffler avant de me faire courber l'échine. Je préférais encore rompre que plier. Mamie avait beau dire que je ne faisais que me battre contre moi-même, j'avais encore besoin de mordre et de griffer, de cogner et de cracher à la figure de tous ceux qui faisaient ou avaient fait de ma vie un enfer.

La météo avait annoncé de la pluie pour toute la journée sur Los Angeles et les nuages s'agglutinaient, poussés par un vent de nord-ouest qui semblait les façonner, comme de la glaise entre les mains du potier. L'immense maison Tudor du Dr Marlowe paraissait encore plus sombre, avec ses fenêtres qui reflétaient le ciel gris. Elle était vraiment énorme, cette maison, la plus grande baraque dans laquelle j'aie jamais mis les pieds – et dans l'un des quartiers les plus sélects de Brentwood, déjà lui-même l'un des secteurs les plus friqués de Los Angeles, par-dessus le marché.

Vu de l'extérieur, rien ne permettait de deviner que la maison du Dr Marlowe était un de ces endroits spécialisés où l'on recevait des patients – ou des « clients », comme ils nous appelaient au tribunal. Je suppose que c'était volontaire. En tout cas, le Dr Marlowe ne voulait certainement pas qu'on ait l'impression d'être regardées comme des bêtes curieuses, prises pour des monstres, ou quelque chose comme ça. Au contraire, elle faisait tout pour nous mettre à l'aise, exactement comme si on venait juste lui pousser une petite visite. Sauf que je n'avais aucune raison de venir me balader dans ces beaux quartiers ; aucune, si ce n'est celle de venir me faire remettre la tête à l'endroit, à ce qu'il paraît.

De toute manière, quoi qu'aient bien pu en dire les juges, les éducateurs et tous ces autres spécialistes, je ne croyais toujours pas que ça me servirait à grand-chose de venir ici. Le Dr Marlowe utilisait les mots en guise de médicaments et remplaçait les rayons X par des questions. Elle ne prescrivait rien que des changements dans la façon d'appréhender les situations et essayait toujours de vous pousser à vous regarder vous-même au lieu de la regarder elle.

J'avoue qu'elle m'obligeait à réfléchir à deux fois avant d'agir – au moins –, mais ce n'était pas ça qui me permettrait de me sentir mieux dans ma peau ou de mieux supporter tout ce qui nous était arrivé, à mon frère et à moi. Je n'allais pas sortir un beau jour de son cabinet pour trouver des parents aimants qui m'attendaient sur le pas de la porte, hein ? Elle n'allait pas agiter une baguette magique pour faire disparaître ma triste histoire, comme un mauvais rêve qui s'évanouit au réveil. Elle aurait beau faire, je n'en demeurerais pas moins une « O.A.P. », comme disait Misty, une orpheline avec parents.

C'était une bonne définition. Mon père et ma mère n'étaient pas morts et enterrés, mais, pour moi, c'était tout comme, même s'il n'y avait jamais eu de funérailles en règle. Au lieu d'un cortège de gens en deuil marchant jusqu'au cimetière, c'était à un défilé de mensonges et de promesses bancales que j'avais eu droit, un défilé interminable et claudiquant qui s'étirait de mon jour de naissance jusqu'à aujourd'hui, jusqu'à cette minute même, le tout bien aligné, là derrière, accroché à mes basques, me suivant partout comme un petit chien qui attend juste qu'on lui dise où aller.

Moi aussi, j'attendais qu'on me dise où aller. La psy voulait me conduire jusqu'à une prétendue seconde chance, quelque nouveau départ plein d'espoirs tout neufs. Elle voulait me faire croire que la seule chose qui m'empêchait d'avancer et d'atteindre cette terre promise, c'était moi et moi seule. À l'entendre, c'était comme si je ne crevais pas d'envie d'avoir une vraie famille, un vrai chez moi et de vrais amis et qu'il aurait fallu ramer pour m'en convaincre. Ben voyons !

Elle voulait que je reconnaisse que, si j'en étais là, c'était bel et bien ma faute. Ça me mettait en rogne rien que d'y penser ! Elle espérait que j'allais découvrir ce qui clochait chez moi et que j'allais régler le problème, au lieu de montrer du doigt mon alcoolique de mère et mon dégonflé de père, assez lâche pour déserter sa famille au lieu d'assumer ses responsabilités. Si elle croyait que j'allais leur trouver des excuses et oublier tout le mal qu'ils m'avaient fait, elle pouvait toujours attendre ! La neige tomberait en enfer avant que je leur pardonne le centième de ce qu'ils m'avaient fait. Mamie avait raison au sujet de la haine qui me rongeait le cœur. Mais c'était grâce à elle que je réussissais à tenir le coup : c'est elle qui me portait et, pour l'heure, elle me semblait très bien où elle était.

C'est Sophie qui m'a ouvert la porte. Sophie, c'est la bonne. Pardon, « l'employée » du Dr Marlowe, comme dirait Misty. Enfin bref, bonne ou pas, elle n'avait pas posé les yeux sur moi qu'elle reculait précipitamment. Elle croyait peut-être que j'avais une maladie contagieuse, aussi ! La sœur du Dr Marlowe, Emma, n'était nulle part en vue. Ce n'était pas moi qui allais m'en plaindre. Cette vieille bonne femme, grosse comme une barrique, me regardait toujours comme si j'attendais qu'elle ait le dos tourné pour voler l'argenterie. Je savais que je la rendais nerveuse. Dès que je posais les yeux sur elle, elle n'avait plus qu'une hâte : disparaître hors de ma vue. Ça tombait bien : je ne pouvais pas la voir, justement.

En fait, j'étais la dernière. Quand je suis arrivée dans le cabinet du Dr Marlowe, elles étaient déjà toutes là, assises aux mêmes places que la veille. Bien calée dans son fauteuil, notre chère psy présidait. Elle portait une robe et des escarpins bleu marine. Elle avait détaché ses cheveux aussi. Mais elle s'était fait un brushing et je trouvais que ça la vieillissait. Peut-être que c'était ce qu'elle cherchait – à faire plus vieux, je veux dire. Elle était grande et élancée, avec de longs bras et de longues jambes. La veille, quand on lui avait demandé pourquoi elle ne s'était jamais mariée, elle n'avait pas voulu répondre, sous prétexte que c'était elle la psy et que c'était donc elle qui posait les questions. J'avais bien failli lui dire que c'était une mauvaise excuse, qu'elle se cachait derrière, comme elle nous reprochait tout le temps de le faire, mais j'avais promis à mamie de tenir ma langue.

Jade et Misty ont jeté un rapide coup d'œil vers Cathy et m'ont toutes les deux regardée avec un même petit sourire satisfait. Quand Misty avait achevé son histoire, j'avais parié que Cathy ne reviendrait pas. Elles entendaient donc bien me montrer que je m'étais trompée. Non seulement elle n'avait pas renoncé à sa séance de thérapie, mais elle avait même l'air un peu moins coincée que la veille. Elle avait les cheveux bien peignés, une touche de rouge à lèvres et portait une jolie robe de coton bleu ciel avec des ballerines assorties. La psy avait suivi mon regard : elle semblait très contente de ce changement. Peut-être qu'on avait toutes une bonne influence sur Cat, après tout ? Comme quoi, tout ça n'était pas si inutile que ça, finalement : il y en avait au moins une qui en aurait tout de même tiré quelque chose. Mais j'avoue que, si on me l'avait prédit, Cathy aurait été la dernière sur la liste des bénéficiaires.

— Bonjour, Star !

La psy avait claironné ça avec un grand sourire aux lèvres. Sincère ou pas, ça m'a fait chaud au cœur.

J'ai vaguement marmonné un « 'jour » embarrassé et je me suis assise avec un regard pour Misty qui, de toutes, semblait la plus impatiente d'entendre mon histoire. Qu'est-ce qu'elle attendait de moi, au juste ? De quoi se distraire un peu ? Que je l'amuse, peut-être ?

— Il fait si sombre, dehors. Le temps tourne à l'orage, semble-t-il, a dit le Dr Marlowe, en allumant une lampe de plus.

Elle nous a dévisagées en silence et puis elle a ajouté :
— Alors ? Comment vous sentez-vous, aujourd'hui ?
Jade a été la seule à se donner la peine de répondre.
— Fatiguée, a-t-elle murmuré avec effort.
Elle était habillée avec autant d'élégance que la veille, si ce n'est plus : body de coton blanc à armatures, pantalon de soie bleu marine avec large ceinture qui lui étranglait la taille et sweat de fin lainage assorti, jeté négligemment sur ses épaules, bref, l'uniforme de la jeune et jolie étudiante BCBG dans toute sa splendeur. À côté, ma robe rouge et blanche à rayures et mes mocassins éculés ressemblaient à des fripes du Secours Populaire.
Misty était en jean-tennis, avec un tee-shirt qui portait l'inscription : *Maman est allée à Paris et elle n'a rien trouvé de mieux à me rapporter que ce tee-shirt débile !*
— Toujours des problèmes d'insomnie ? s'est inquiétée la psy.
Jade avait cette façon bien à elle de tourner la tête qui lui permettait de toujours conserver un port de reine. Même si ça me tuait, je devais bien l'admettre : elle était vraiment jolie. Avec des prunelles d'un vert pareil, elle devait faire des ravages. Elle avait des yeux magnifiques.
— Rien n'a changé, que je sache, lui a-t-elle répliqué. Pourquoi dormirais-je mieux ?
Le Dr Marlowe a hoché la tête. Misty a eu une petite moue ironique et Cat s'est mise à dévorer Jade des yeux, comme si elle venait de faire une déclaration fracassante qui la plaçait bien au-dessus de la psy elle-même.
— Avez-vous besoin de quelque chose, avant que nous ne commencions la séance ? nous a demandé le Dr Marlowe.
— Vous auriez du lait ? a raillé Misty, avec un sourire goguenard.
Jade s'est esclaffée et Cathy la chatte a esquissé un sourire. Misty tournait la pub de la télé en dérision, bien sûr. Je n'ai pas pu m'empêcher de rire, moi aussi. Au moins, Misty gardait le sens de l'humour. Malgré les larmes de la veille et toute cette colère qu'on sentait gronder en elle, il lui restait quelques fous rires en stock. J'espérais qu'elle en aurait assez pour nous toutes, parce que ce n'était pas moi qui allais dérider la bande.

— Bon. Eh bien, quand nous ferons une petite pause, tout à l'heure, je vous ferai servir quelque chose. Alors, a enchaîné la psy, en se tournant vers moi, c'est ton tour aujourd'hui, Star.

J'ai croisé les bras, comme le fait mamie quand elle se retranche derrière une raison ou un jugement définitifs dont elle n'entend pas démordre, et j'ai grommelé à mi-voix :

— Je ne sais pas par où commencer.

— Commence où tu veux, a-t-elle insisté.

— Il n'y a rien qui me vient à l'esprit.

— Est-ce que tu te souviens du jour où ton père et ta mère se sont vraiment disputés pour la première fois ? m'a demandé Misty. Je parle d'une vraie dispute. Tu sais, quand tu as l'impression que tout va valser dans la maison.

— Il faudrait déjà qu'elle ait eu un père pour connaître ce à quoi tu fais allusion, a lâché Jade d'un ton arrogant, avec cette voix distinguée qui n'appartenait qu'à elle.

J'ai pivoté d'un bloc pour lui rétorquer sèchement :

— J'ai un père, figure-toi ! Et mon père et ma mère ont fait un mariage en règle. À l'église, même !

Jade a haussé les épaules.

— Les miens aussi, a-t-elle répliqué. Et vous voyez où cela m'a menée !

Je l'ai dévisagée deux secondes, et puis j'ai regardé les autres filles. Chacune avait, dans les yeux, ce même désespoir, ce même regard perdu, cette même détresse.

Alors j'ai compris que, malgré nos différences, on disait toutes « il était une fois » plus ou moins de la même façon.

Je pouvais sûrement trouver la mienne.

1

— La première fois ? Il n'y a pas eu de première fois. Je vais te dire un truc : s'il y a eu un seul jour sans dispute à la maison, je ne m'en souviens même pas !

Il faut croire que Misty m'avait posé la bonne question parce que, maintenant, j'étais lancée, et, tel que c'était parti là, je n'étais pas près de m'arrêter. La preuve, j'ai aussitôt embrayé :

— Oh ! ça m'est tout de même arrivé de voir papa et maman se murmurer des mots doux à l'oreille, mais c'est comme pour les arcs-en-ciel après l'orage : quelquefois, il y en a, mais, la plupart du temps, on peut toujours courir pour en voir un, comme dirait mamie. J'en étais à trouver ça louche quand ils réussissaient à discuter sans se traiter de tous les noms avant la fin de la conversation.

« Misty disait, hier, que, quelquefois, les gens divorcent parce qu'ils ont des problèmes d'argent. Bon, dans le cas de mes parents, ce n'est certainement pas que pour ça qu'ils se sont séparés, mais ça n'arrangeait rien que papa ne gagne pas grand-chose et qu'il se retrouve souvent sans travail, c'est sûr. Il était peintre en bâtiment et charpentier. Du moins, c'était ce qu'il faisait le plus souvent. Mais il exerçait toutes sortes de métier. Il était très adroit de ses mains et il savait se rendre utile sur un chantier ou dans une maison. Enfin, dans toutes les maisons sauf la sienne, apparemment. Quand il trouvait du boulot, il travaillait dur : il faisait de longues journées et il rentrait tard. Je crois qu'il avait une bonne réputation. Enfin, dans sa partie, du moins. Mais il n'était pas syndiqué et il n'appartenait à aucune société qui aurait pu l'embaucher régulièrement, lui garantir un emploi stable. Alors, il restait pendant de longues périodes sans contrat et, dans ces moments-là, la vie n'était pas vraiment rose à la maison. Ma mère n'était pas précisément ce qu'on appelle une « bonne ménagère », de celles qui savent gérer le budget en fonction des revenus et des besoins du ménage. Je crois que ça aurait bien fait rire papa d'entendre qualifier sa femme de « ménagère », d'ailleurs. En tout cas, il avait d'autres façons de la qualifier, lui, et les noms d'oiseau qu'il lui donnait étaient tous plus charmants les uns que les autres, vous pouvez me croire.

« Papa était bel homme : un solide gaillard d'un mètre quatre-vingt-dix, du genre qu'on imagine tout de suite avec le maillot de meilleur marqueur de l'équipe de basket locale sur le dos, ou un truc comme ça, mais il m'a toujours dit qu'il était tout simplement trop lent pour faire un bon athlète. Il disait que son problème, c'était qu'il pensait trop longtemps avant d'agir. Il disait qu'il aimait faire les choses avec beaucoup de soin et de précision et que ça lui avait toujours servi dans son métier.

« Maman, c'est tout le contraire. Elle ne réfléchit pas à deux fois avant de décider quelque chose. Pour tout dire, je crois que, la plupart du temps, elle ne réfléchit pas du tout. Elle fait ce qu'elle veut quand elle veut, point final. Ils se sont souvent disputés à cause de ça. Papa disait que le cerveau de maman était une maison sans portes ni fenêtres : les idées rentraient par un bord et ressortaient par l'autre, comme des courants d'air qui la traversaient sans s'arrêter. Elle, elle disait qu'elle toucherait l'allocation vieillesse avant qu'il n'ait fait quoi que ce soit de sa vie. Mamie les appelait "le Feu et l'Eau".

« Ils n'auraient jamais dû se marier, pour commencer. Mais maman était enceinte de moi avant que papa ne l'épouse et, à la façon dont il lui parlait quelquefois, je me disais qu'il lui reprochait tout ce qui leur était arrivé depuis à cause de ça. Dès qu'elle se plaignait, il ne manquait jamais de lui rappeler que c'était elle qui s'était retrouvée enceinte – comme si les hommes pouvaient l'être aussi, mais qu'ils avaient assez de jugeote pour ne pas se faire prendre à ce petit jeu-là, eux !

Misty a éclaté de rire. Les lèvres de Cathy se sont légèrement étirées, comme si elle hésitait à sourire, alors que Jade souriait franchement.

— Ce serait une bonne chose, a dit Misty. Et puis, ce ne serait que justice, après tout. Comme ça, au moins, ils sauraient ce que c'est. Je suis sûre que ma mère serait d'accord avec moi. Elle adorerait voir mon père endurer les nausées matinales et les contractions.

— Les hommes ! Tous des gamins sans cervelle !

Jade avait déclaré ça d'un ton impérial, comme si, trônant sur quelque sommet enneigé, elle dominait le monde.

— Si on devait s'en remettre à eux pour assurer notre descendance, poursuivait-elle, l'humanité serait une espèce en voie de disparition.

L'éclat de rire général qui avait accueilli cette sortie aurait probablement dû me faciliter les choses, mais, au moment de parler de ma mère, j'hésitais encore à entrer dans les détails. J'ai cherché le regard du Dr Marlowe pour me donner du courage.

Ce n'était pas que j'avais honte d'elle – j'aurais pourtant eu les meilleures raisons du monde pour ça. Maman avait fait tellement de choses qui m'auraient donné envie de rentrer sous terre ! J'avais toujours peur de rencontrer des copines d'école quand j'étais avec elle dans la rue. Non seulement je n'osais pas imaginer ce qu'elle allait bien pouvoir dire ou faire, mais elle avait toujours les yeux injectés de sang et, rien qu'à l'odeur, on se serait déjà cru au Bill Le Borgne Bar, le bar-brasserie du coin de la rue, en bas de notre immeuble de West Los Angeles. Il y avait, là-bas, un tabouret de bar qui aurait pu porter son nom. J'ai même entendu dire que, quand elle poussait la porte, s'il y avait déjà quelqu'un assis dessus, il ou elle se levait, quitte à rester debout s'il ne s'en dégottait pas un autre.

Quand mon père rentrait le soir et qu'elle n'était pas à la maison, il savait où la trouver. Je n'avais pas encore sept ans qu'il m'envoyait déjà la chercher. J'avais horreur d'aller là-bas, mais, même à cet âge-là, je savais que, s'il m'envoyait moi, c'était parce que, s'il y était allé à ma place, il n'aurait pas pu s'empêcher de lui passer un savon et ils en seraient sans doute venus aux mains. Papa déclenchait parfois des bagarres générales parce qu'un autre client du bar voulait défendre maman ou parce qu'un type la draguait et voulait jouer les caïds devant elle.

Quelquefois, il fallait si longtemps pour réussir à la faire sortir que je fondais en larmes avant. Elle avait horreur de ça parce que les autres piliers de bar la charriaient ou la poussaient dehors. Ça la mettait hors d'elle. Maman ne détestait rien tant que d'entendre quelqu'un lui dire ce qu'elle devait faire, surtout quand elle avait bu. C'était comme allumer la mèche d'un bâton de dynamite. Elle s'emportait, s'emportait, puis devenait vraiment méchante et explosait, maudissant la terre entière. Elle pouvait même aller jusqu'à balancer quelque chose à la tête de quelqu'un – surtout à la tête de papa ou à la mienne, d'ailleurs. Quand Rodney était petit, je devais veiller à ce qu'il ne se mette pas à ramper dans la cuisine pour ne pas qu'il se blesse sur les bouts d'assiettes qu'elle avait cassées en les lançant contre le mur.

Mais les hésitations que j'éprouvais à l'idée de parler d'elle ne venaient pas de là. Elles venaient d'autre part, du fond de moi. En dépit de tout ce que je pouvais dire d'elle à mamie, je détestais haïr ma mère. À la tonne de mauvais souvenirs que je trimballais se mêlaient quelques belles images à jamais gravées dans ma mémoire : elle m'avait tant de fois prise dans ses bras pour me chanter une berceuse ou pour me dorloter et me couvrir de baisers. Elle m'appelait « mon trésor » et elle nourrissait de si belles espérances pour moi. Tous ces beaux souvenirs occupaient une place à part dans mon cœur et j'avais un peu l'impression de les trahir chaque fois que je décrivais toutes ces horreurs – qu'elle avait bel et bien commises, pourtant.

Mais c'était ce que le Dr Marlowe semblait attendre de moi : que je raconte tout le mal qu'elle m'avait fait. À l'en croire, garder tout le mauvais à l'intérieur, c'était un peu comme s'efforcer de retenir dans vos veines le poison qui vous détruit.

Alors je me suis lancée :

— Je n'arrive pas à me rappeler quand maman a commencé à boire exactement. Mais ce dont je me souviens, c'est que c'était toujours trop et que ça se terminait toujours mal ; pour Rodney et pour moi, en tout cas.

Tous les sourires se sont évanouis en même temps, chassés par un regard dur et froid, le regard de ceux qui en ont déjà trop vu et qui savent, par expérience, qu'il est impossible de raconter l'horreur sans la revivre. Le seul fait de puiser dans ma mémoire suffisait à me replonger dans le passé, à me remettre dans la peau de la petite fille de cinq ans que j'avais été, à faire revenir tous les démons de mon enfance, toutes ces ombres noires qui hantaient ma chambre, chaque fois que j'allais me coucher après que papa et maman s'étaient encore disputés.

Ces monstres dormaient en moi, maintenant, tapis au plus profond de mon être, n'attendant qu'un signal pour se réveiller : un cri, le spectacle d'une pauvre gosse jouant dans le caniveau parce que sa mère la délaisse, le hurlement d'une ambulance ou d'une voiture de police ou le simple murmure de sanglots étouffés dans le noir, les pleurs de quelqu'un aussi seul et terrifié que j'avais pu l'être et que je le serais peut-être jusqu'à la fin de mes jours.

— Quand j'y repense, aujourd'hui, il me semble que l'alcool a toujours fait partie de la vie à la maison. Maman sentait tellement le whisky que j'ai longtemps cru que c'était son parfum.

Misty a éclaté de rire.

— Oh ! je n'étais pas bien vieille quand je m'imaginais ça, évidemment !

« Parfois, elle me laissait plantée là, sur le pas de la porte, et faisait semblant de ne pas me reconnaître. J'avais peur de l'interpeller. Je savais combien elle détestait ça. Ça la rendait folle. Au bout du compte, elle se tournait vers Bill et lui disait : “Mon boulet est rentré du boulot.” Tout le bar se mettait alors à ricaner et à la charrier. Mais c'est à moi qu'elle en voulait : c'était ma faute. Elle me demandait, d'un ton cassant :

« “Qu'est-ce qui lui a pris d't'envoyer ici ?”

« Je lui répondais toujours avec autant de douceur que possible : “Il veut que tu rentres à la maison pour nous faire à manger, m'man.” Elle se mettait alors à secouer la tête avec des minauderies – censées m'imiter, je suppose.

« Elle se regardait ensuite en silence dans la grande glace derrière le comptoir, puis avalait sa bière d'un trait avant de se lever en chancelant.

« “Qu'est-ce qu'il y a à manger, ce soir, Aretha ? beuglait alors quelqu'un du fond du bar.

« — Mon cœur”, braillait-elle à son tour. Ce qui déclenchait les éclats de rire interminables du petit marrant du fond de la salle. “Avance donc, me disait-elle alors. Sors de là. Tu m'as causé assez d'emmerd'com'ça.”

« Je lui obéissais. Mais, en fait, j'allais l'attendre sur le trottoir. Parfois, elle me suivait aussitôt et, parfois, elle ne venait pas et il fallait que je retourne dans le bar la chercher. Normalement, ça suffisait à la décider.

« En général, elle n'était pas très bavarde sur le chemin du retour, mais quand ça lui arrivait de parler, c'était toujours la même rengaine : l'énorme erreur qu'elle avait commise en épousant mon père.

« “C'pauv'type qui s'dit ton père m'avait promis la belle vie, ronchonnait-elle. Y disait qu'on aurait une belle maison dans un beau quartier et qu'j'aurais un p'tit bout d'jardin, comme chez m'man. Pas c't'espèce de trou à rats de quat'malheureuses pièces où c'est qu'ça sert même à rien d'faire le ménage tant qu'c'est un taudis, d'toute façon. T'as pas passé un coup d'chiffon qu'la poussière r'vient illico : y a plus qu'à r'commencer. C'est c'que j'lui dis quand y s'plaint qu'le ménage est pas fait : pourquoi s'fatiguer ? C'que j'fais ou rien, c'est du pareil au même. Ce s'ra toujours aussi sale, alors.”

« Elle s'arrêtait pour se regarder dans les vitrines et, de temps en temps, tentait vaguement d'arranger sa coiffure ou de lisser sa jupe. C'est marrant, mais, quoi qu'il ait pu arriver entre eux, en dépit des horreurs qu'ils se crachaient à la figure, maman voulait toujours se faire belle pour papa.

« Maman fait près d'un mètre soixante-dix et, malgré les quantités d'alcool qu'elle a pu ingurgiter, elle a toujours gardé la ligne. Beaucoup de femmes de son âge se retrouvent avec des hanches de matrones à force de picoler et de manger n'importe quoi, mais pas elle. Papa disait toujours qu'au lieu de lui enrober les hanches, tout l'alcool qu'elle sifflait lui montait droit à la tête pour lui imbiber le cerveau. Maman a toujours été très jolie, sauf quand elle était vraiment imbibée. Saoule, elle devenait carrément affreuse, avec sa lèvre inférieure qui pendait mollement et ses yeux vitreux. Papa lui disait toujours qu'il ne pouvait pas supporter de la regarder quand elle se mettait dans cet état-là et même, un jour qu'ils se battaient, au beau milieu d'une scène mémorable, il lui a mis la tête dans une taie d'oreiller et la lui a attachée derrière le cou. Elle tournait et se retournait, gesticulant en tous sens en faisant tomber tout ce qui se trouvait sur son passage. Elle a fini par se prendre les pieds dans une chaise et s'est étalée de tout son long. Au bout du compte, elle est restée là, sur le sol, à se débattre comme un chien enragé.

Cat en était bouchée bée ; Jade semblait sur le point de vomir et Misty se mordillait les lèvres en regardant la psy. À voir leurs réactions, je me suis dit que quand leurs parents avaient envie de s'envoyer des trucs à la tête, ils se limitaient aux petites piques saignantes ou aux vacheries bien enveloppées : que ça restait des mots, en tout cas. Et encore ! ils faisaient ça par avocat interposé, si ça se trouve. De toute façon, c'était clair qu'elles n'imaginaient même pas leurs parents se battre : se faire du mal physiquement, je veux dire. Ce que je leur racontais là ne faisait pas partie de leur réalité : elles voyaient ça seulement à la télé ou au cinéma. Si elles avaient su ! C'est d'ailleurs ce que je leur ai dit :

— Oh ! j'ai vu bien pire depuis ! Mais, faut quand même le reconnaître, papa était plutôt coulant, dans son genre. C'est vrai : il était facile à vivre, on ne peut pas lui retirer ça.

— « Facile à vivre » ? s'est exclamée Jade, en haussant un sourcil.

C'était plus fort que moi, je l'ai défendu :

— Je ne l'ai jamais vu lever la main sur moi, ni sur Rodney. Seulement, quand ma mère se saoulait, qu'elle se mettait à lui hurler dessus, à l'injurier et à le traiter de tous les noms, il perdait son sang-froid, c'est tout.

« Un jour – je devais avoir à peine cinq ans –, je me souviens de l'avoir vu jeter une assiette par terre pour essayer de faire peur à maman. Mais ça a eu l'effet inverse. Elle a attrapé une pile de tasses dans le placard et a commencé à les envoyer à travers toute la pièce en hurlant : "Ah ! tu voulais voir c'que ça fait d'casser la vaisselle, Kenny Fisher ? Eh ben, j'vais t'montrer, moi, c'que ça fait !" Et les piles de soucoupes, de verres, de bols ont valsé. Si papa l'avait laissée faire, tout le placard y serait passé.

« Le seul moyen de l'arrêter, ça a été de la ceinturer et de la plaquer au sol. Et encore ! elle lui donnait des coups de pied. Elle a même essayé de le mordre au bras. Oh ! ça n'aurait pas été la première fois. Elle l'avait déjà mordu souvent, mais c'est un costaud et il l'a soulevée pour l'emporter dans leur chambre et la jeter sur le lit. Il a pratiquement dû s'asseoir dessus pour la maîtriser pendant qu'elle l'incendiait en le giflant à tour de bras. Elle a tout de même fini par se fatiguer et, à bout de nerfs, elle s'est endormie.

« Quand il est ressorti de la chambre, papa avait du sang dans le cou et sur les bras. Il était couvert de griffures. Je crois que j'étais si terrifiée que ça m'a clouée sur place. En fait…

J'ai un peu hésité et je me suis tournée vers le Dr Marlowe, qui m'a fait signe de continuer.

—… je crois bien que j'ai fait pipi dans ma culotte.

Les autres filles me regardaient comme si j'étais une véritable extraterrestre et j'ai pensé : *Vous l'avez voulu ? Eh bien, vous allez l'avoir !*

— J'ai souffert de ce problème bien au-delà de l'âge normal. Maman m'a même emmenée voir le docteur. Mais il lui a dit que c'était dans la tête. Alors, elle s'est mise en colère et l'a traité d'imbécile parce que, pour elle, le problème, il était dans ma culotte, pas dans ma tête. Il voulait que j'aille consulter un psychiatre – déjà, à l'époque ! –, mais maman l'a traité de fou et elle m'a traînée hors du cabinet en hurlant qu'elle ne donnerait pas un sou de sa poche à « un d'ces espèces de charlatans ». Mais elle s'était juré de me guérir. Oh ! sa méthode était simple : il lui suffisait de ne pas me changer et de me forcer à porter ma culotte trempée, même quand papa pestait contre l'odeur.

— Beurk ! a fait Jade. C'est dégoûtant. Puis-je avoir un verre d'eau, docteur Marlowe ?

— Mais bien sûr. Et les autres, vous voulez quelque chose ?

Elle a regardé Misty avec un petit sourire en coin.

— Tu veux du lait ?

— Non merci, a précipitamment répondu Misty, comme si elle avait déjà bien du mal à ne pas recracher son petit déjeuner. Mais je prendrais bien un verre d'eau aussi.

— Bien. Je vais aller vous chercher une carafe d'eau, en attendant mieux.

Elle m'a lancé un bref coup d'œil avant de se lever. Elle avait l'air satisfaite. Peut-être qu'elle voulait que je les secoue un peu, après tout ?

Cathy a murmuré qu'elle devait aller se laver les mains et elle est sortie avec la psy. Aussitôt, Jade et Misty se sont tournées vers moi.

— Est-ce que tu la vois encore, ta mère ? m'a demandé Misty.

— Non. Mais je parlerai de tout ça quand elles reviendront. J'ai déjà assez de mal à raconter ce genre de souvenirs sans devoir les répéter, par-dessus le marché.

Misty a hoché la tête et elles ont gardé le silence un moment. Mais je voyais bien que Jade avait quelque chose qui la titillait. Elle s'est éclairci la voix et elle a dit, d'un ton détaché :

— Cela ne me regarde pas mais, étant donné ta situation financière, comment se fait-il que ta grand-mère ait les moyens de te payer une thérapie chez le Dr Marlowe ? Je sais ce que dépensent mes parents pour moi ici et…

Elle a lorgné vers Misty qui a approuvé avec conviction.

— Le tribunal a demandé à un service social spécial de payer pour moi. Je ne connais pas tous les détails de l'affaire, mais personne ne nous demande de l'argent pour tout ça, pas plus à moi qu'à ma grand-mère. Si c'était le cas, je ne reviendrais pas de sitôt, ça c'est certain. Mamie a mieux à faire avec son argent.

Elles m'ont alors adressé un regard si débordant de commisération que je les aurais giflées.

— Ne vous inquiétez pas pour moi, leur ai-je lancé d'un ton tranchant. Je ne fais pas la charité et je n'ai rien à faire de votre pitié. S'il n'y avait que moi, je préférerais ne pas venir ici, croyez-moi. Mais je suis bien obligée.

Elles ont hoché la tête en essayant de ne pas avoir l'air trop désolées pour ne pas m'énerver.

Cat est revenue la première. Elle est entrée et s'est assise en évitant mon regard.

— Tu es mignonne, comme ça, lui a dit Misty. Mais tu devrais couper ta frange.

— Et puis tu as des fourches, a renchéri Jade. Quand dois-tu aller chez le coiffeur ?

— C'est ma mère qui me coupe les cheveux, lui a répondu Cat.

— Eh bien alors, dis-lui de te les couper plus souvent, lui a conseillé Misty.

Moi, je me disais qu'elle n'était pas si mal comme ça. En tout cas, elle n'avait pas l'air bêcheur de certaine...

La psy a posé un plateau avec une carafe d'eau et des verres sur la table basse.

— J'ai une petite surprise pour vous, aujourd'hui, a-t-elle déclaré. Comme nous avons commencé tard, j'ai décidé que nous aurions droit à une vraie pause déjeuner et j'ai commandé des pizzas pour tout le monde.

— Peut-être que ça ne va pas durer si longtemps que ça, ai-je protesté à mi-voix.

Je n'avais pas envie d'en rajouter juste pour lui faire plaisir.

— Eh bien, dans ce cas, c'est Jade qui prendra la suite, m'a-t-elle aussitôt rétorqué.

Cat a semblé soulagée d'apprendre qu'elle n'était pas la prochaine sur la liste. Et je me suis dit : *Quand ce sera son tour, elle ne viendra certainement pas, cette fois.*

Le Dr Marlowe nous a servi un verre d'eau à chacune, puis, d'un geste de la main, m'a invitée à poursuivre.

— J'avais environ neuf ans quand maman est tombée enceinte. J'avais toujours pensé qu'elle n'aurait plus jamais d'enfant. Ça faisait longtemps qu'elle faisait attention, en tout cas. En fait, je ne l'ai appris que bien plus tard, mais maman avait déjà été enceinte avant: je n'avais que deux ans quand elle avait perdu le bébé dans la baignoire et...

S'imaginant déjà ce que j'allais leur décrire, les trois filles se sont brusquement figées, le souffle court. J'ai hésité deux secondes, et puis j'ai décidé de leur passer les détails. Quand j'ai directement enchaîné sur la naissance de Rodney, elles ont toutes poussé un discret soupir de soulagement. J'ai failli éclater de rire. Je trouvais leurs grimaces, leurs moues dégoûtées et leurs regards horrifiés plutôt marrants. Ce petit jeu commençait à m'amuser, finalement.

Ça devait se voir parce que la psy s'en est aperçue. Elle m'a lancé un tel coup d'œil que j'ai aussitôt ravalé mon petit sourire goguenard pour reprendre là où j'en étais restée:

— Au début de sa grossesse, les choses se sont un peu arrangées à la maison. Pour un temps, du moins. En fait, maman avait arrêté de boire. Le docteur lui avait dit que, si elle continuait, elle allait faire du mal au bébé. Elle s'est mise à faire le ménage aussi et même à cuisiner. De son côté, papa avait trouvé du travail. On a eu un peu plus d'argent et on a pu faire des trucs sympas, comme se payer une journée dans les parcs d'attractions de la région, par exemple: hurler sur les montagnes russes de Magic Mountain et jouer aux cow-boys et aux Indiens à Knott's Berry Farm. On a même rendu visite au cousin Leonard de San Diego – un parent de papa – et on est allés au zoo.

« Maman s'était déjà drôlement arrondie et, quelquefois, Rodney lui donnait des coups de pied. Quand elle me prenait la main pour la poser sur son ventre, je devenais excitée comme une puce. On ne savait pas encore que c'était un garçon, mais j'étais tellement impatiente d'accueillir ce nouveau venu dans la famille que je comptais les jours. Je croyais que ce serait amusant d'avoir un petit bébé à la maison. Je pensais que je pourrais peut-être m'en occuper, participer un peu. Un peu ! Si j'avais su, à l'époque, combien j'allais devoir m'occuper de mon petit frère, j'aurais sans doute été moins pressée de le voir arriver !

— Tu t'en es occupée beaucoup ?

J'ai dévisagé Misty un long moment avant de lui répondre :

— Quelquefois, j'avais l'impression qu'il me prenait pour sa mère.

— Mais c'est scandaleux ! s'est indignée Jade. Faire endosser une telle responsabilité à une si jeune enfant !

Je ne l'ai pas ratée :

— Ouais, eh bien, à moins d'avoir une armée de domestiques pour exécuter chaque tâche à ta place, quand tu as quelque chose à faire, tu le fais.

Elle a détourné les yeux et j'ai enchaîné :

— Quand maman en était à peu près à son septième mois, papa s'est retrouvé sans travail et on a dû recommencer à faire attention. Maman avait tout bonnement horreur de compter. Ça la rendait encore plus dépensière. Elle s'est mise à jeter l'argent par les fenêtres – par pur esprit de contradiction, je parie, juste pour faire mal. Je suppose que c'était sa façon à elle de dire à papa qu'il avait intérêt à se dépêcher de retrouver du boulot. Il ne s'imaginait tout de même pas qu'elle allait se priver ! Hors de question de se passer de ses cigarettes ou de la petite bière qu'elle s'accordait encore de temps en temps.

« Dans la semaine qui a suivi la fin du contrat de papa, un soir, pendant qu'il était parti chercher du travail, elle est retournée au Bill Le Borgne Bar. Quand il est rentré et qu'il s'est rendu compte qu'elle était partie, il a piqué une de ces colères ! Cette fois, il ne m'a pas envoyée la chercher. Maman était enceinte et elle n'avait pas le droit de boire, alors il y est allé lui-même. J'ai bien cru qu'il allait arracher la porte de ses gonds, quand il est sorti de l'appartement.

« Chez Bill, il a tabassé un type qui s'était interposé pour protéger maman et la police a dû intervenir. Je n'oublierai jamais ça.

J'ai baissé les yeux en avalant ma salive. Rien que d'y repenser, j'avais le cœur qui se serrait.

— Je regardais la télé dans le salon, en jetant de temps en temps un œil vers la porte – je n'osais pas imaginer à quoi ressemblerait ma mère au moment où elle la franchirait –, quand j'ai entendu frapper. Je suis allée ouvrir. Deux policiers se tenaient sur le seuil : un homme blanc et une femme noire.

« La femme connaissait mon nom et semblait savoir tout un tas de choses sur moi et sur la maison. Elle m'a dit qu'elle était venue pour s'assurer que j'allais bien parce que papa le lui avait demandé. Elle a dit que j'allais devoir les suivre et rester avec eux. J'ai secoué la tête et je me suis mise à pleurer. J'ai même essayé de me sauver, mais ils m'ont rattrapée et ils m'ont emmenée de force au poste de police. Je me souviens que j'ai pensé : *On va me mettre en prison parce que maman a encore fait des bêtises et que je suis sa fille*.

Quand j'ai relevé les yeux, elles me regardaient toutes les trois fixement, sans bouger. À croire qu'elles en avaient oublié de respirer !

— Ils m'ont fait asseoir dans une pièce avec un grand bureau et m'ont donné un chocolat chaud et des petits gâteaux, en attendant de savoir ce qui allait se passer. Maman avait fait pas mal de casse dans le bar, elle aussi. Mais Bill n'a pas porté plainte et papa a été relâché. Il risquait quand même d'aller au tribunal. Par chance, l'autre type ne s'est pas présenté au commissariat et toutes les poursuites contre mon père ont été abandonnées. Mais cette histoire avait tout de même réussi à secouer maman et elle s'est tenue à carreau quelque temps.

« Et puis Rodney est né dans la salle de bains et…

— Pardon ? Qu'est-ce que tu viens de dire ?

La tête de Jade avait pivoté sur son cou à une telle vitesse que je la voyais déjà faire un tour complet, voire plusieurs, sans pouvoir s'arrêter. Mais je n'ai pas fait attention à elle et j'ai continué :

— Papa n'était pas à la maison, à ce moment-là. C'était en plein après-midi. Je venais de rentrer de l'école. J'étais en CM2 à l'époque. Quand je suis arrivée, j'ai appelé maman, comme d'habitude. Mais, cette fois, elle ne m'a pas répondu. Je l'ai cherchée dans sa chambre, mais elle n'y était pas. C'est alors que j'ai entendu un cri et je me suis précipitée dans la salle de bains.

« Elle était couchée par terre et la tête du bébé apparaissait entre ses jambes. Quand j'ai vu ça, ça m'a clouée sur place. C'est là qu'elle s'est mise à me crier dessus, aboyant des ordres à la pelle : « Va chercher d'l'aide ! Mais remue-toi ! Appelle Police Secours ! Fais le 9-1-1 ! Vite ! » Mais j'étais pétrifiée et, au lieu d'obéir, j'ai fondu en larmes. Je ne pouvais pas me retenir de pleurer. Mais ça n'a fait que la rendre encore plus hystérique. Elle hurlait, hurlait. Elle n'en finissait pas de m'incendier. Finalement, j'ai repris mes esprits et je me suis précipitée sur le téléphone pour faire le 9-1-1. Quand on m'a répondu, j'ai expliqué que ma maman était en train d'avoir un bébé sur le carrelage et j'ai donné notre adresse avant de raccrocher. C'est alors que j'ai entendu Rodney crier et, quand je suis retournée sans la salle de bains, maman le tenait sur son ventre. Mais il y avait du sang partout, des trucs visqueux par terre et le cordon…

— Oh ! Seigneur ! s'est écriée Jade, avec une grimace de dégoût. Sommes-nous vraiment obligées d'endurer cela ?

Cathy était blanche comme un linge. Misty ouvrait des yeux comme des soucoupes et me dévisageait, bouche bée. Elle ouvrait un tel four que je pouvais pratiquement voir ce qu'elle avait mangé au petit déjeuner.

— Je ne voudrais pas te contrarier, Jade, lui a répondu le Dr Marlowe. Mais il faut que tu saches ce qu'a réellement été la vie de Star. Quand ton tour viendra, tu ne devras pas non plus omettre certains détails par crainte de choquer tes camarades.

— Comme si j'avais des choses aussi triviales à raconter ! a soupiré Jade, en levant les yeux au ciel.

— Ce qui te paraît normal pourrait parfaitement indisposer Star, a insisté la psy.

— Oh ! je vous en prie ! s'est insurgée la pimbêche.

— Pourquoi tu ne te bouches pas les oreilles, plutôt ?

Je lui avais suggéré ça d'un ton tellement mielleux ! J'ai cru qu'elle allait exploser. Elle a semblé sur le point de répliquer, mais elle a préféré garder sa langue de vipère dans sa poche. Pour une fois !

— Veux-tu achever ta description, s'il te plaît, Star ? m'a demandé le Dr Marlowe.

J'ai repris là où j'en étais restée :

— Elle m'a demandé d'aller lui chercher une serviette et, quand je suis revenue avec, elle m'a ordonné d'aller lui faire chauffer de l'eau. Je lui ai apporté une casserole d'eau chaude et, après, on a attendu l'arrivée des secours. En fait, on nous a envoyé le SAMU et c'est un docteur qui a fini l'accouchement. Mais il a quand même voulu qu'on emmène maman et le bébé à l'hôpital. Mamie est venue pour m'accompagner et papa a fini par arriver. Maman allait bien, mais elle était folle de rage contre lui parce qu'il n'avait pas été là quand Rodney était né. Ils se sont encore disputés. Papa se défendait en disant que, s'il n'avait pas été là, c'était parce qu'il était parti chercher du travail et maman hurlait : « Et moi, j'ai failli mourir en donnant naissance à "ton" fils. »

« Dès le début, elle lui a fait comprendre que Rodney était "son" fils et qu'elle n'avait fait que le mettre au monde. Comme ça, elle pourrait s'en prendre à lui et lui mettre sur le dos tous les efforts qu'il allait falloir fournir pour élever Rodney et tous les problèmes qui allaient en découler. Et elle n'a pas attendu longtemps pour commencer : le bébé n'avait pas une heure qu'elle se mettait déjà à accuser son père de tous les maux de la terre. À tel point que l'infirmière a même été obligée d'intervenir.

« Maman et Rodney ne sont restés qu'une nuit à l'hôpital. Moi, je suis rentrée avec mamie chez elle. Elle m'a ramenée le lendemain. C'était une chose de voir Rodney derrière une vitre à l'hôpital, mais c'en était une autre de le voir dans son berceau, à côté du lit de papa et maman. Je pouvais le regarder pendant des heures. Ça m'émerveillait. Sa tête n'était pas plus grande qu'une de mes balles en caoutchouc et, quand il criait, il levait ses petits bras potelés et agitait ses petits poings en l'air, comme s'il voulait boxer quelque chose ou quelqu'un. Je restais là, penchée au-dessus de lui, à le regarder dormir, puis s'éveiller, prendre une inspiration et pousser son petit cri strident.

« La seule chose qui paraissait le calmer, c'était quand maman lui mettait son sein dans la bouche.

— Oh ! Seigneur ! m'a encore interrompue Jade. Aurais-tu l'intention de nous décrire également l'allaitement en détail ?

Les deux autres filles avaient l'air fascinées. Je ne me suis pas démontée et je lui ai rétorqué :

— Pourquoi ? Ça te fait peur ?

— Je ne vois pas en quoi l'allaitement devrait me faire peur, m'a-t-elle répondu avec hauteur. Mais ce n'est certainement pas la méthode que je choisirai, si, un jour, j'ai un enfant.

— Ma mère n'a pas voulu en entendre parler non plus, a dit Misty. Elle avait lu quelque part que ça pouvait flétrir le sein et faire tomber la poitrine. Et ta mère, à toi, elle t'a élevée au biberon ou elle t'a allaitée ? a-t-elle demandé à Cathy.

Cat a secoué la tête avec virulence.

— Je ne sais pas, a-t-elle répondu dans un murmure à peine audible.

— Tu ne lui as jamais demandé ? s'est étonnée Misty.

— Non.

Si jamais Misty insistait, elle semblait sur le point de se lever et de partir en courant.

— C'est une question tout à fait normale, a marmonné Misty. Il n'y a pas de mal à la poser.

Elle essayait de se disculper, mais elle paraissait quand même drôlement ennuyée d'avoir embarrassé Cathy.

— Je ne vois pas l'intérêt, a objecté Jade. C'est comme parler de ses dérangements intestinaux !

— Certainement pas ! a protesté Misty.

— J'espère que ce n'est pas le sujet de l'épisode suivant, a grommelé Jade sans me regarder.

— Eh bien, au moins, on sait où vont se loger ses tabous, a raillé Misty.

— Vous ne savez rien de moi ! s'est brusquement écriée Jade. De quel droit me jugez-vous ?

— Allons, mesdemoiselles, est intervenue le Dr Marlowe, d'une voix posée. Cela ne nous mènera nulle part si chacune d'entre vous ne respecte pas les idées des autres. Vous avez toutes eu à traverser de rudes épreuves, mais si vous ne vous laissez pas mutuellement une chance de vous exprimer librement, vous vous nuirez plus que vous ne vous aiderez.

Bien que manifestement peu convaincue, Jade a semblé se détendre. Elle s'est adossée contre le canapé, tandis que Misty baissait la tête avec un air penaud.

Le silence commençait à devenir pesant et je me suis dépêchée d'enchaîner :

— À la façon dont mamie en parlait, j'avais toujours cru qu'avec l'arrivée du bébé tout changerait à la maison, que, quand Rodney serait né, on deviendrait une vraie famille. Mais, en réalité, maman se plaignait encore plus et de plus en plus souvent. Papa avait trouvé un nouveau travail, mais elle l'accusait de ne jamais ramener assez d'argent. Quand ils se disputaient, elle lui reprochait constamment la naissance de Rodney, prétextant que c'était lui qui avait voulu un fils. À l'entendre, on aurait dit qu'elle ne voulait pas de Rodney. Pourtant, quand je regardais mon petit frère, je ne parvenais pas à imaginer que quelqu'un puisse ne pas vouloir de lui, à plus forte raison sa propre mère.

« Rodney avait souvent la diarrhée. On avait beau essayer tous les traitements, rien n'y faisait. Il pleurait beaucoup et ça énervait maman. Elle se mettait à tourner dans l'appartement, comme un lion en cage, en traitant le docteur d'incapable. "Il y connaît rien, c't'imbécile ! disait-elle. Si ça continue comme ça, j'vais dev'nir folle." Elle forçait papa à se lever toutes les nuits pour s'occuper du bébé, sans tenir compte le moins du monde de l'heure à laquelle il devait se lever pour aller travailler. Quand elle s'est aperçue que je pouvais l'aider – que je pouvais porter Rodney sans le faire tomber, lui donner le biberon et le bercer jusqu'à ce qu'il s'endorme, enfin bref, que je pouvais m'occuper de lui pratiquement à cent pour cent –, elle a commencé à me garder à la maison plus souvent. Mais elle a fini par le faire si fréquemment que l'école s'en est mêlée.

Ils ont même envoyé quelqu'un chez nous pour vérifier si j'étais vraiment malade, comme je le prétendais chaque fois que je séchais. Quand ils ont vu de quoi il retournait, ils ont menacé de traîner maman en justice et peut-être même de me faire placer dans un foyer.

« Quand le type a dit ça, j'ai entendu maman marmonner : "Prenez donc les deux, tant qu'vous y êtes."

« Elle a peut-être dit ça parce qu'elle était en colère, et puis elle était très fatiguée à cause du bébé, mais ça m'a fait mal quand même. J'ai eu l'impression que les mots se gravaient au fer rouge dans ma tête. Je me suis dit aussi que ça pouvait vraiment arriver, qu'on nous mette dans un orphelinat, je veux dire. C'est là que j'ai commencé à avoir des problèmes pour m'endormir, et puis, chaque fois qu'on frappait à la porte, mon cœur s'emballait : j'avais peur que ce soit quelqu'un qui venait nous chercher.

« Mamie donnait un coup de main aussi souvent qu'elle le pouvait, mais elles se disputaient tout le temps, toutes les deux, à propos de la façon dont maman entretenait l'appartement, s'occupait du bébé ou de moi... En fait, mamie savait bien qu'elle avait recommencé à boire.

« Ça faisait déjà un bon moment que maman camouflait des bouteilles d'alcool un peu partout. Elle s'était mise à la vodka parce que ça sentait moins fort que le whisky. Elle la planquait dans des bouteilles de shampoing ou même dans une bouillotte qu'elle gardait dans sa table de nuit. Ça a duré des mois avant que papa s'en aperçoive. Mais elle faisait de moins en moins attention et il a fini par trouver des verres de jus d'orange qui traînaient sur toutes les tables de l'appartement. C'est en goûtant un fond de verre, un jour, qu'il a découvert le pot aux roses.

« Quand il l'a accusée d'avoir repiqué à la bouteille, elle s'est tout de suite mise à brailler : il ne s'imaginait pas à quel point la vie était dure pour elle avec deux enfants à élever, dont un "qu'y fallait avoir le nez d'ssus vingt-quatre heures sur vingt-quatre". Évidemment, elle en revenait constamment au manque d'argent et, comme il lui reprochait de dépenser tout ce qu'il gagnait dans la boisson, elle protestait que c'était la seule chose qui l'aidait à tenir, à ne pas perdre la tête. Il disait que si elle ne perdait pas la tête, alors il ne savait vraiment plus ce que "perdre la tête" voulait dire.

« Je rentrais de l'école pour trouver Rodney couché dans son berceau avec une couche sale au derrière. Rien qu'à voir les rougeurs et les irritations sur ses jambes et sur ses petites fesses, je savais qu'il était resté comme ça la majeure partie de la journée. Ça le faisait pleurer et crier encore plus, évidemment. Et plus il criait, plus maman buvait pour ne pas l'entendre, à tel point qu'elle pouvait s'endormir au beau milieu d'une crise de hurlements. Je crois bien qu'elle tombait dans les pommes plus qu'elle ne dormait, d'ailleurs. Je la retrouvais partout comme ça, même par terre, quelquefois.

— Elle était bonne à enfermer, a tranché Jade, d'un ton catégorique.

Je l'ai dévisagée un long moment sans pouvoir lui répondre, puis j'ai regardé la pluie qui s'était remise à tomber contre les baies vitrées. Peut-être Jade avait-elle raison, mais ça fait mal d'entendre quelqu'un d'autre dire tout haut ce que vous pensez tout bas.

Il peut arriver des tas de trucs terribles dans la vie – et rien ne dit qu'il ne nous en arrivera pas, d'ailleurs –, mais, ce dont je suis sûre, c'est qu'il n'y a rien de pire que de haïr ses parents.

— Je sais qu'elle a raison, ai-je finalement murmuré en m'adressant au Dr Marlowe. Mais je voudrais qu'elle ait tort.

— Je comprends, m'a-t-elle répondu d'une voix douce. C'est justement pour cela que vous êtes ici : pour prendre conscience de l'alternative qui s'offre à vous et trouver une autre voie que la haine.

— Et pourquoi faire ? lui a demandé Misty avec son petit sourire sarcastique.

— Parce que, au point où nous en sommes parvenues, aujourd'hui, je crois que vous avez toutes compris que vous ne pouvez pas haïr vos parents sans vous haïr vous-mêmes.

Personne ne lui a répondu. À quoi bon ? Il lui suffisait de nous regarder dans le blanc des yeux pour savoir qu'elle avait fait mouche : il n'y a que la vérité qui blesse, comme dirait mamie.

2

— Les choses ont vraiment commencé à se gâter quand Rodney s'est mis à ramper et, pire encore, à marcher.

— Pis encore.

— Quoi ?

J'ai failli m'étrangler. Voilà que la pimbêche me reprenait !

— D'abord, on ne dit pas « quoi ? » mais « comment ? » et, ensuite, on ne dit pas « pire encore » ou « j'ai vu pire », comme tu l'as fait tout à l'heure, mais « pis encore » et « j'ai vu pis ».

La psy s'est bien rendu compte que j'allais m'énerver. Elle est venue à mon secours :

— C'est effectivement une faute, mais elle est très courante. Il m'arrive de la faire moi-même.

Et toc ! pour la donneuse de leçons ! Mais déjà le Dr Marlowe fronçait les sourcils et j'ai préféré garder mes réflexions pour moi. J'ai quand même repris mon récit avec la ferme intention de ne pas donner à la crâneuse de service la satisfaction de ramener sa science.

— Rodney était non seulement d'un naturel curieux, mais aussi d'une surprenante agilité, pour un bébé, et il gambadait d'un bout à l'autre de l'appartement comme une flèche, tombant à bras raccourcis sur ce qui attirait son attention. Autrement dit : sur tout et n'importe quoi. Un après-midi, après l'école, je n'ai trouvé personne en rentrant à la maison. Maman était partie s'acheter un ou deux packs de bière et elle avait laissé Rodney tout seul. Il dormait sans doute, quand elle l'avait quitté, et elle avait dû penser qu'il ne risquait rien. J'ai découvert, par la suite, que ce n'était pas la première fois, loin de là. Et même, un jour qu'elle était avec Maggie Custer, une de ses « copines » de beuverie, elles l'avaient oublié dans la voiture de Maggie, en plein midi. C'est un agent de police qui l'avait aperçu, rôtissant au soleil, sans même une vitre ouverte. Elle avait failli être arrêtée. C'est dire !

« Bref, cette fois, Rodney s'était réveillé et avait rampé hors du petit lit de camp – qu'une cousine de papa nous avait donné –, sans doute à la recherche de sa mère. Il s'était retrouvé dans la salle de bains. Maman avait laissé traîner les jouets en plastique avec lesquels il s'amusait quand elle le baignait. Heureusement qu'il n'y avait pas d'eau dans la baignoire, sinon il se serait noyé. Il avait probablement voulu attraper ses jouets et il était tombé. Sa tête avait dû heurter le robinet. J'ai d'abord cru que maman l'avait emmené avec elle, tant l'appartement était silencieux. J'ai fait le tour pour m'assurer qu'elle n'était pas encore écroulée quelque part, abrutie par l'alcool. Quand je suis entrée dans la salle de bains, j'ai cru que j'allais tomber raide. Il était là, étendu sur le dos, roulant des yeux comme des billes, de la terreur plein les prunelles. J'ai su, après, qu'une blessure à la tête saigne toujours beaucoup, mais, sur le coup, quand j'ai vu la mare de sang, j'ai cru que mon cœur s'arrêtait. Je me suis mise à hurler. Depuis le temps, j'avais pris l'habitude de faire le 9-1-1 : j'ai tout de suite donné mon nom et mon adresse avant de déclarer que mon petit frère était tombé et qu'il avait un trou dans la tête. Ce n'était pas si grave que ça, mais on a tout de même dû lui faire dix points de suture.

« Le SAMU est arrivé avant que maman ne soit revenue. Elle avait rencontré une de ses “copines” – un vrai pilier de bar, elle aussi – qui l'avait convaincue “d'aller s'en jeter un chez Bill, juste un p'tit, un seul”. Mais maman avait dû oublier l'heure. Elle n'avait pas vu le temps passer, je suppose.

« Ils ont emmené Rodney aux urgences où on l'a recousu. À l'hôpital, ils ont voulu tout savoir sur maman. Pendant ce temps-là, l'agent de Police Secours s'était déjà mis à sa recherche. J'ai dû leur raconter ce qui s'était passé. Pendant que je parlais, je les voyais se lancer des regards scandalisés. Certains semblaient même en colère.

Quand maman est arrivée, elle était folle de rage parce que j'avais appelé Police Secours et que les gens du SAMU l'avaient prise dans un coin pour lui faire la leçon. Ils lui avaient passé un tel savon que les yeux lui sortaient encore de la tête. Ils l'avaient menacée de tout révéler à la police et de lui envoyer quelqu'un des Services de Protection de l'Enfance, si elle laissait une chose pareille se reproduire. Ils lui avaient même dit qu'elle risquait la prison pour maltraitance sur enfant en bas âge et mise en danger de la vie d'autrui.

« On n'avait pas passé la porte de la maison que maman me tombait dessus. Papa est arrivé en plein boum. Il a vu Rodney et il en a sans doute entendu assez pour comprendre la situation. Je crois qu'il savait déjà pour les autres fois. En tout cas, il ne s'est pas mis en colère, comme je m'y attendais.

« Au contraire, d'un coup, il est devenu tout calme, comme une huître qui se referme. Il se tenait assis là, à nous regarder, Rodney et moi, avec, dans les yeux, comme une absence. Pendant ce temps-là, maman poursuivait son sermon. Elle continuait, continuait, comme un vieux vinyle rayé, rabâchant éternellement les mêmes reproches, les mêmes accusations, essayant à toute force de se disculper :

« "Pour qui qu'y s'prennent, ceux-là, à m'dire que j'suis pas une bonn'mère ? Tout ça passque j'sors juste deux s'condes ? Non mais, comment j'pouvais savoir qu'il allait s'lever, moi ? Comment j'pouvais savoir qu'il allait aller dans la salle de bains et tomber dans la baignoire, hein ? J'pouvais pas l'deviner. J'suis pas voyante, moi. J'serais rev'nue aussitôt. Il dormait. D'quel droit ça s'permet de m'faire la morale ? Non mais, sans blague !

« "Et pourquoi qu'tu restes assis là à faire des yeux d'merlan frit, Kenny ? Qu'est-ce que c'est qu' cette comédie ? Tu veux m'donner mauvaise conscience, c'est ça ? Tu sais c'que c'est p't-être, toi, d'rester cloîtrée ici tout' la sainte journée avec un gamin su'l'dos, hein ? J'te parle. T'entends ? C'est à toi que j'parle, Kenny Fisher."

« Papa ne disait toujours rien. Le regard lointain, il s'est subitement levé ; il est sorti de l'appartement et il a refermé doucement la porte derrière lui. Maman est restée plantée là, les mains sur les hanches, la bouche ouverte et les yeux flamboyants de colère.

« Elle s'est retournée vers moi et elle m'a dit : "Non mais, t'as vu ça ? T'as vu ?"

« Mon cœur battait comme un tambour à la parade. Je ne pouvais pas ouvrir la bouche ni même avaler ma salive.

« "Ça alors ! Y manque pas d'toupet ! s'étranglait-elle. Oh ! c'culot !" Et puis elle s'est tournée vers la porte et elle a crié : "Eh ben, bon débarras !" Mais ça ne lui suffisait pas, alors elle est allée ouvrir la porte, elle a pointé la tête dans le couloir et elle a répété à tue-tête "bon débarras !". Mais papa était déjà loin.

« Je n'ai revu mon père qu'une seule fois après ça.

— Comment cela « une seule fois » ? Qu'est-ce que tu veux dire par là ? Que ton père vous a tout simplement abandonnés, ton petit frère et toi ? Définitivement ?

Pour un peu, la pimbêche en aurait bondi d'indignation.

C'est marrant, mais pendant tout ce temps où je leur avais parlé de Rodney, je les avais complètement oubliées. Ça m'était déjà arrivé, c'est vrai, mais seulement avec la psy. Dans ces moments-là, mes souvenirs devenaient si concrets, si réels, qu'ils parvenaient à balayer le présent : je ne savais plus ni où j'étais, ni ce que je faisais. J'avais l'impression de retourner en arrière, d'être dans la scène que je décrivais, de la vivre vraiment. L'expression de colère de ma mère était si vive dans mon esprit : ses yeux injectés de sang, sa bouche tordue par la haine, sa tête enfoncée dans les épaules comme celle d'un rapace prêt à fondre sur sa proie...

Chaque fois qu'elle se déchaînait comme ça, mon estomac se nouait et ma respiration se bloquait. Tout juste si je ne manquais pas d'étouffer. Le fait de raconter ces mauvais souvenirs me replaçait dans la même situation. Une peur panique s'emparait de moi, et je ne pouvais y échapper qu'en me sentant vraiment en danger, à deux doigts de l'asphyxie. C'était la seule chose qui me faisait réagir. Je me mettais alors à cligner des yeux ; j'aspirais brusquement une grosse bouffée d'air et je finissais par reprendre conscience de l'endroit où j'étais, soulagée de sortir de ce qui n'était heureusement qu'un cauchemar éveillé.

C'est exactement ce que j'ai ressenti quand Jade m'a posé sa question. Je l'ai regardée un moment sans comprendre qui elle était, ni où je me trouvais. Elle a été extrêmement troublée par mon manque de réaction.

Je l'ai entendue demander :

— Pourquoi ne me répond-elle pas, docteur Marlowe ? Pourquoi me regarde-t-elle si bizarrement ?

— Star ? Star ?

J'ai pensé : *C'est mon nom*. J'entendais bien quelqu'un m'appeler, mais j'avais l'impression que sa voix me parvenait à l'autre bout d'un très long tunnel.

— Docteur Marlowe, a murmuré Misty, elle a l'air complètement partie.

— Ne vous inquiétez pas, mesdemoiselles, elle va revenir parmi nous. Détendez-vous. Ne la laissez pas sentir votre panique. Star, ma chérie ?

Star, ma chérie. C'était mamie qui m'appelait. *Star, ma chérie ! Il faut aller à l'école, ma p'tite fille, ou ils n'te laisseront pas rester avec moi. Tu sais bien c'que l'juge a dit. Lève-toi, ma chérie. Allez, mon enfant, réveille-toi. Tes yeux sont ouverts, je l'vois bien. Allez, Star, debout !*

J'ai senti qu'on me secouait.

— Allons, Star, a insisté la psy. Tu n'es plus là-bas. Tu es ici, avec nous.

Du froid sur mon visage. Elle me tamponnait le front avec une serviette mouillée.

— C'est cela. Tout ira bien. Allez, Star. Tu y es presque. Voilà. Reste avec nous.

Elle m'a pris la main et l'a étreinte avec douceur. Mes paupières clignaient comme des papillons affolés, puis ça s'est calmé et j'ai plongé les yeux dans les siens. Ils m'inspectaient comme deux petites lampes torches éclairant un à un les moindres détails de mon visage. Elle m'a souri.

— Ah ! Te voilà revenue parmi nous ! Tout va bien, m'a-t-elle affirmé d'un ton assuré.

J'ai regardé les autres filles. Elles avaient toutes les yeux rivés sur moi. À voir leur mine traumatisée, elles semblaient toutes plus terrifiées les unes que les autres.

— Qu'est-ce qu'il y a ?

— Rien, m'a répondu la psy. Tu t'es juste un peu assoupie. Pas de quoi en faire un drame. Aucun problème. Tout va bien. Tiens ! prends un peu d'eau, a-t-elle ajouté, en me tendant mon verre.

J'ai bu quelques gorgées et j'ai inspiré profondément, avant de balbutier :

— Je... je ne sais plus où j'en étais.

Mes souvenirs se mélangeaient dans ma tête comme les lettres dans une boîte de pâtes alphabet.

Le Dr Marlowe m'a souri et s'est calée dans son fauteuil.

— Eh bien, tu nous racontais le départ de ton père, quand il s'est subitement levé et qu'il est sorti de l'appartement.

À l'entendre, on aurait pu penser que c'était là un épisode anodin de ma vie, un détail sans importance. Sa voix avait sur moi un effet apaisant.

J'ai hoché la tête et j'ai marmonné :

— Et il ne m'a même pas dit au revoir, en plus !

— C'est ça, a acquiescé le Dr Marlowe, comme si elle s'était trouvée là avec moi.

Je l'ai regardée et j'ai compris que, dans un certain sens, elle avait effectivement été là : je lui avais tant de fois raconté ce passage ! Mais j'avais toujours eu beaucoup de mal à poursuivre au-delà, aussi.

Les autres m'observaient toujours, avec une telle fixité qu'on aurait dit des statues aux yeux de verre.

— Qu'est-ce que vous avez à me regarder comme ça ?

Jade a aussitôt recouvré son petit sourire hautain.

— Elle va bien, a-t-elle diagnostiqué, en se calant à son tour contre le coussin du canapé. Si on la laissait faire, je suis sûre qu'elle pourrait même continuer comme cela jusqu'à demain.

— Ce n'est pas si simple que ça, lui a lancé Misty. Ce n'est pas parce que je l'ai fait hier que c'est facile et que ce sera aussi facile pour toi ou pour Cat.

Jade est aussitôt montée sur ses grands chevaux:
— De quel droit te permets-tu de me dire comment cela sera pour moi?
— J'essayais juste de...
— De quoi? De jouer les Dr Marlowe, peut-être? Il y en a assez d'une, merci!
Et elle s'est détournée, impériale.
— Eh bien, il y a de l'animation dans ces séances, a commenté la psy, imperturbable. Vous ne risquez pas de vous ennuyer, c'est le moins qu'on puisse dire.
Jade a grommelé quelque chose d'aussi bref qu'inintelligible, tandis que Cat nous dévisageait l'une après l'autre, avec toujours cette même terreur dans les prunelles.
— Essaie de continuer, Star, m'a encouragée le Dr Marlowe. Raconte-leur la suite.
À l'entendre, on aurait pu croire qu'il était plus important pour les autres de savoir ce qui s'était passé après, que pour moi de réussir à l'exprimer.
Jade a alors lentement tourné la tête vers moi pour voir ce que j'allais faire. Rien que pour la narguer, j'ai continué:
— Je ne l'ai revu qu'une seule fois, après ça. Mais je ne lui ai pas parlé. Je revenais de l'école. Il commençait à pleuvoir quand je l'ai vu sortir de l'immeuble. Il portait un carton avec des affaires à lui sur le dessus et il se dirigeait vers son camion. Il avait l'air pressé. Je me suis mise à courir et je l'ai appelé. Il n'a pas tourné la tête, mais je l'ai vu ralentir: je suis sûre qu'il m'a entendue. Il a jeté un coup d'œil vers son camion et il a accéléré.
« Je courais déjà à toutes jambes. Je me disais qu'il n'avait peut-être pas compris que c'était moi. Mais je n'ai pas pu arriver à temps. J'ai vu le camion démarrer pour s'engager dans la rue. Alors, j'ai hurlé, aussi fort que je le pouvais: “Papa! Papa!” Je n'ai arrêté de crier que lorsque j'ai cru que mes poumons allaient éclater. J'étais hors d'haleine et j'avais un point de côté. J'ai vu le camion tourner le coin de la rue et disparaître. Il pleuvait à verse et j'ai dû rentrer pour m'abriter. Mon visage ruisselait autant de larmes que de pluie.
— Qu'est-ce qu'il a fait après? Où est-il allé? m'a demandé Misty, avec une inquiétude manifeste.

— Maman a entendu dire qu'il était allé avec une autre femme et qu'il avait quitté Los Angeles pour s'installer à San Francisco. Mais je n'ai jamais su si c'était vrai ou si c'étaient seulement des racontars.

— Tu veux nous faire croire qu'un beau jour ton père s'est levé de sa chaise et vous a abandonnés, ton frère et toi, comme cela, sans prévenir ? C'est bien ce que tu es en train de nous dire ? a insisté Jade, toujours aussi sceptique.

Je lui ai gentiment fait remarquer qu'il n'était ni le premier ni le dernier à avoir abandonné sa femme et ses gosses.

Et puis je les ai toutes regardées, l'une après l'autre.

— Vos parents aussi vous ont abandonnées. Ils l'ont peut-être fait de manière plus respectable ou plus – c'était quoi déjà le mot que tu as utilisé, hier, Misty ? Ah oui ! – plus « civilisée » ou quelque chose comme ça, mais ils l'ont fait quand même.

— N'est-ce pas illégal ? a demandé Jade, en se tournant vers le Dr Marlowe. Ce qu'a fait son père, je veux dire.

— Si, il existe même une loi fédérale qui punit ce genre de délit, maintenant.

— Ta mère l'a-t-elle fait arrêter ? a poursuivi Jade, en s'adressant à moi.

— Elle est allée voir les services sociaux pour expliquer sa situation et essayer d'obtenir un peu d'argent. Mais ils n'ont pas mis ça sur la liste des urgences, tu sais. Ce n'est pas ce qu'on appelle un cas de force majeure.

— Les hommes sont tous des salauds ! a lâché Jade entre ses dents.

— Ma mère n'est pas précisément un ange non plus, lui ai-je rétorqué.

Elle a haussé les sourcils.

— Et elle, que lui est-il arrivé ?

— Pourquoi tu ne la laisses pas raconter son histoire à sa manière, plutôt ? lui a dit Misty.

— Je suis désolée. C'est juste que… c'est tellement révoltant ! Cela me rend folle !

J'ai failli m'en étouffer. Je lui ai lancé :

— Ça ne me réjouit pas particulièrement non plus, figure-toi !

Un petit sourire ironique s'est lentement dessiné sur ses lèvres pincées.

Allez donc savoir, après ça, à quel jeu elle jouait, cette fille ! La plupart du temps, elle était à claquer, mais, parfois... Bon sang ! Je ne savais vraiment plus sur quel pied danser avec elle !

J'ai haussé les épaules et j'ai continué sans plus m'en préoccuper :

— Cette première nuit où mon père nous a plantés là, maman n'a pas compris qu'il était parti pour de bon. Elle nous a fait à dîner et puis elle est restée à boire de la bière devant la télé toute la nuit. J'ai couché Rodney. Il avait eu une rude journée, le pauvre chou ! Il était encore tout groggy, et puis il avait encore mal. Le docteur nous avait dit de lui donner du Doliprane, alors c'est ce que j'ai fait. Et puis je lui ai chanté une berceuse et il a fini par s'endormir.

« Quand il a fermé les yeux, j'ai rejoint maman dans le salon. J'ai regardé la télé un bon moment. J'espérais que papa reviendrait pendant que j'étais encore debout. Mais il n'est pas rentré et je suis allée me coucher, morte de fatigue.

« Le lendemain matin, j'avais à peine soulevé une paupière que je sautais du lit pour aller jeter un coup d'œil dans la chambre de mes parents. J'avais le cœur battant à l'idée de découvrir le long corps élancé de papa étalé en travers du lit, le bras droit pendant dans le vide, comme d'habitude – je ne sais pas comment il s'y prenait, mais il se retrouvait toujours par-dessus la couette au lieu d'en dessous.

« Maman s'était endormie tout habillée. Elle gisait, les bras en croix, au milieu du lit, la bouche grande ouverte. On aurait dit qu'elle était plongée dans le coma. Rodney, qui dormait toujours dans la chambre de mes parents, était assis sur son petit lit et s'amusait tranquillement avec un de ses jouets. Il a eu l'air tout content de me voir.

« Mon cœur s'était arrêté net, comme un Yo-Yo dont on aurait coupé la ficelle. Toute la nuit, il n'avait cessé de monter et de descendre, palpitant au moindre bruit entendu dans l'immeuble qui aurait pu annoncer le retour de mon père. Mais, là, il était clair qu'il n'était pas revenu. J'étais complètement paniquée.

« J'ai pris Rodney dans mes bras et je l'ai emmené dans la cuisine pour lui donner son petit déjeuner. Maman a fini par se réveiller, avec cette expression hébétée qu'elle avait toujours après avoir bu toute la nuit. Elle aussi, elle a été surprise de voir que papa n'était pas rentré.

« Quand je lui ai demandé : “Où il est parti, papa ?”, elle m'a répondu : “Comment veux-tu qu'je l'sache ! Et puis qu'est-ce que ça peut foutre, d'toute façon ?”

« Mais, le lendemain, quand elle a vu que papa ne rentrait toujours pas, elle faisait moins la fière. Elle a pris le téléphone et elle est allée se plaindre auprès de mamie. Et puis, deux jours plus tard, elle a commencé à appeler les amis de papa. C'est comme ça qu'elle a appris son départ de Los Angeles, j'imagine. C'est à ce moment-là qu'elle est allée pleurer aux services sociaux.

« J'ai longtemps cru que papa reviendrait, même après l'avoir vu se sauver en courant quand je l'avais appelé. Je n'ai jamais dit à maman que je l'avais revu. Ça n'aurait servi qu'à la rendre encore plus folle de rage. Et puis, au bout d'un certain temps, j'ai fini par me demander si je n'avais pas rêvé. Chaque fois que le téléphone sonnait, je croyais que c'était lui. Mais c'était toujours quelqu'un d'autre. Maman était si furieuse contre lui qu'elle avait juré de lui fermer la porte au nez s'il osait revenir. Mais, au fond, je savais bien qu'elle l'attendait.

« C'est peu de temps après ça que mamie a commencé à passer plus de temps avec nous. Elle vit à Venice Beach. Alors, ça lui faisait une sacrée trotte. Quand j'allais la voir, je devais prendre le *Big Blue Bus*. Eh bien, il me fallait plus de deux heures pour aller chez elle, sans compter les correspondances ! Et ils ne passent pas si souvent, ces maudits bus bleus, en plus, vous savez.

Je leur ai jeté un coup d'œil ironique.

— Enfin non, des filles comme vous ne savent même pas qu'il existe des bus qui desservent les quartiers ouest de Los Angeles, si ça se trouve. Je parie qu'aucune d'entre vous n'a mis les pieds dans un bus.

— Si, moi ! a lâché Cat.

On aurait dit qu'elle venait d'avouer un crime.

— Ma mère ne l'a jamais su, mais je l'ai fait, a-t-elle ajouté d'une toute petite voix timide.

— Et alors ? Comment c'était ?

— C'était bien, m'a-t-elle répondu. Personne ne m'a embêtée.

— Et pourquoi on t'embêterait ? lui ai-je rétorqué. Ce n'est pas parce qu'on n'a pas assez d'argent pour s'acheter une voiture qu'on est un violeur ou un tueur en série, tu sais.

— Oh non, non ! C'est juste que j'avais peur.

Elle avait dit ça avec une telle spontanéité, une telle sincérité qu'on ne pouvait pas vraiment lui en vouloir.

— Eh bien, moi aussi j'ai eu peur dans le bus, ai-je reconnu. Surtout la nuit.

« Mais je le prenais de nuit quand même – enfin, quelquefois – parce que, sinon, je serais restée trop longtemps chez mamie et elle aurait été obligée de me ramener et je ne voulais pas qu'elle conduise de nuit. Sa vue n'est plus ce qu'elle était.

« J'en étais arrivée à aller de plus en plus souvent chez elle parce que je ne supportais plus de rentrer de l'école pour trouver maman ivre morte, Rodney encore en pyjama et l'appart dans un tel état qu'on aurait dit le squat d'une bonne dizaine de clodos. Mamie savait bien pourquoi je débarquais chez elle, de temps en temps, en plein après-midi, mais elle gardait ça pour elle. Ce n'était pas faute d'avoir essayé de faire quelque chose pour maman, mais, à la fin, elle avait seulement levé les bras au ciel en disant : "Mon Aretha est juste de ceux qui doivent décider d'se prendre en main eux-mêmes parce qu'ils n'laisseront jamais personne les aider à leur place."

« "Un jour, ta mère se réveillera dans le caniveau, me disait mamie. Peut-être qu'alors elle décidera de faire quelque chose pour s'en sortir."

« Elle me répétait ça si souvent que j'avais fini par le souhaiter, par souhaiter qu'un jour, en rentrant de l'école, je trouverais ma mère face contre terre, sur le trottoir. Je reconnais que ce n'est pas franchement glorieux quand le seul espoir qui vous reste c'est de voir votre mère toucher le fond, mais c'était pourtant ce que j'espérais de toute mon âme et – je n'ai pas honte de le dire – je priais même pour ça.

« Parfaitement ! me suis-je écriée, en les défiant du regard de recommencer à me dévisager avec des yeux ronds ou de me poser encore une de leurs stupides questions. Parfaitement ! Je priais pour que ça arrive : je me couchais en demandant à Dieu d'envoyer maman aussi près que possible de l'enfer dès qu'il en aurait l'occasion.

« Eh bien oui, j'avais vraiment la haine – par moments, c'était comme un rat qui me dévorait le cœur. Oui, je la haïssais et je la haïrai probablement jusqu'à la fin de mes jours.

J'avais annoncé ça d'une voix ferme et d'un ton sans réplique. Personne n'a bronché. On aurait dit que quelqu'un avait appuyé sur le bouton « arrêt sur image » : pas un mouvement, pas même le souffle d'une respiration.

Je n'ai pas attendu leur réaction pour continuer :

— Pour maman, ne plus avoir papa à la maison, même épisodiquement, c'était comme lâcher un chien tenu en laisse. Elle n'avait plus à s'inquiéter de le savoir rentré du chantier, fou de rage de ne pas la trouver à la maison. Et puis elle se fichait bien de l'état dans lequel était l'appartement, maintenant qu'il n'était plus là pour lui faire des reproches. Au début, c'était même comme si elle voulait se venger de lui. Je l'entendais déjà dire : « Ah ! tu croyais qu'j'étais bonne à rien qu'à boire com'un trou avant ? Attends un peu pour voir ! »

« Je restais de plus en plus souvent à la maison parce que après avoir lavé et habillé Rodney, il fallait encore que je lui fasse son petit déjeuner, que je range la cuisine et que je me prépare. Le temps de le conduire à son école et d'arriver à la mienne, j'avais déjà raté les deux premières heures de cours.

« C'est alors que maman n'a rien trouvé de mieux que de se dégotter un job au Bill Le Borgne Bar. Elle était censée servir en salle et aider en cuisine.

« Avant qu'on n'en vienne là, j'avais déjà appris à faire les courses, le ménage et à faire à manger pour Rodney et pour moi. En clair, c'était moi qui me coltinais les plus grosses corvées à la maison. C'est bien pour ça que, comme je vous le disais tout à l'heure, mon petit frère ne savait plus trop qui était sa mère et qui était sa sœur.

« Normalement, maman devait être rentrée avant une heure du matin, mais elle est rentrée plus d'une fois après trois ou quatre heures. Elle se mettait dans un tel état que je pouvais faire tomber une poêle à frire à côté de son lit sans qu'elle lève seulement un cil. Je ne compte même pas les nuits où elle était trop saoule ou trop fatiguée pour se déshabiller. Elle empestait tellement la bière, la cigarette et le whisky qu'en rentrant dans sa chambre on se croyait au Bill Le Borgne Bar. Cette puanteur semblait traverser les murs au point d'envahir ma chambre. Il fallait que j'ouvre toutes les fenêtres de l'appartement pour oser respirer un peu.

— Beurk ! a fait Misty, en se tenant le ventre.

Jade a dégluti avec peine et a détourné la tête en se plaquant la main sur la bouche. Je ne pouvais pas vraiment leur en vouloir.

— On s'y fait. On croit qu'on ne pourra jamais s'y faire, mais on s'y fait. On n'a pas franchement le choix, de toute façon, à part se boucher le nez ou aller voir ailleurs le plus souvent possible.

— Je comprends, a soudain dit Cat, d'une toute petite voix chevrotante.

Elle semblait captivée par mon histoire et focalisait toute son attention sur moi.

— Ah oui ? Eh bien, tant mieux pour toi, lui ai-je répondu, parce que moi pas.

Elle a continué à me regarder fixement, mais j'ai bien senti qu'elle ne me voyait plus : elle était déjà plongée dans ses propres souvenirs. Après un long moment de silence, elle a semblé se réveiller et elle s'est aussitôt remise à contempler le plancher.

J'ai soupiré et j'ai continué :

— Mamie venait souvent pour donner un coup de main et, de temps en temps, elle apportait tout un tas de provisions pour nous préparer un vrai dîner digne de ce nom. Elles se disputaient souvent, avec maman, et leurs disputes étaient terribles, mais maman finissait toujours par pleurnicher qu'elle faisait de son mieux, qu'elle avait été abandonnée par son mari et qu'il l'avait laissée avec deux gosses à élever et qu'elle se crevait au boulot pour gagner sa vie et de quoi les nourrir.

« "Et pourquoi crois-tu donc qu'il t'a quittée, cet homme ?" lui rétorquait mamie. Elle n'aurait pas pu mieux faire si elle avait voulu rallumer la mèche de ce fichu bâton de dynamite. Maman piquait alors une colère de tous les diables. Ses bras et ses jambes partaient dans tous les sens et elle balançait la tête si fort que je m'attendais toujours à la voir se détacher pour aller se fracasser contre le mur avec ses hurlements de furie.

« "Comment ma propre mère peut prendre le parti de c'te pourriture contre moi ? Pourquoi c'est toujours d'ma faute ? C'est bien lui qui m'a fait toutes ces belles promesses, non ? J'ai fait du mieux qu'j'ai pu avec le peu d'argent qu'y nous ram'nait. Et, plus souvent qu'à son tour, y nous rapportait rien du tout passqu'il était tout l'temps à chercher du boulot, qu'y disait. Peuh ! Qu'des ment'ries, tout ça ! Moi, j'vais vous dire une bonn'chose : ben, c'est pas une grosse perte, non madame !"

« Et elle pouvait continuer comme ça pendant des heures. Je l'écoutais et je me demandais si elle croyait vraiment tout ce qu'elle racontait. Peut-être qu'elle ne voyait pas les choses avec les mêmes yeux que nous. Peut-être qu'elle était, comme qui dirait, décalée et que son monde à elle ne roulait pas sur les mêmes rails que le nôtre. Elle avait toujours l'air tellement contente d'elle, après ses crises de nerfs, comme si elle avait dit ce qu'elle avait sur le cœur et qu'elle avait réussi à clouer le bec à ses adversaires. C'est à ce moment-là que j'ai compris ce que "se bercer d'illusions" voulait dire. Maman se racontait peut-être des histoires, mais elle y croyait dur comme fer. Elle était vraiment persuadée d'être la seule victime dans cette affaire. Quant à Rodney et à moi, eh bien… on avait juste eu le malheur de naître, au lieu de rester bien gentiment là où on était : dans le néant.

« Comme je le disais tout à l'heure, je crois que, quelle que soit la vie qu'on mène, on finit par s'y faire et par accepter les choses comme elles viennent. Bien sûr, je savais que les autres filles de mon âge ne menaient pas toutes cette vie de chien. Oh ! elles s'occupaient bien un peu de leurs frères et sœurs, mais elles n'en devenaient pas pour autant leur mère. Elles se passionnaient davantage pour les garçons et les fêtes ou pour les derniers films à aller voir et les derniers CD à acheter : elles pensaient encore à s'amuser. Alors que moi, je ne pouvais rien prévoir sans inclure Rodney dans le tableau. Je n'avais pas un soir de libre, en somme. Et puis, j'avais peur d'amener quelqu'un à la maison. Je ne voulais pas que mes camarades de classe voient comment ça se passait vraiment pour Rodney et pour moi.

« Et puis...

Je me suis interrompue pour boire une gorgée d'eau. Ça m'a donné le temps de réfléchir à ce que j'allais dire.

— Et puis, avec le temps, j'en suis venue à vivre à travers elles. Leur vie devenait la mienne. C'était plus facile de faire comme si : comme si je m'appelais Lily Porter ou Charlene Davis et que je vivais dans leur maison, dans leur famille.

« Vous me regardez toutes comme si j'étais folle. OK, peut-être que je l'ai été, à ce moment-là. Mais je ne le suis plus. Et ce n'est pas moi qui le dis, n'est-ce pas, docteur Marlowe ?

— Il n'y a pas de fou ici, Star, m'a répondu la psy. Et puis, c'est là un mot impropre dont on abuse à tort, un mot dépourvu de sens.

— Peut-être bien, n'empêche que je ne devais plus être très claire. J'ai fait de ces choses...

J'ai avalé ma salive. J'avais du mal à continuer.

—... Des choses dont je n'ai même pas encore osé vous parler, docteur Marlowe...

« Quand je rencontrais quelqu'un qui ne me connaissait pas, par exemple, je me présentais sous un faux nom, celui d'une de ces filles que j'enviais, et je faisais semblant d'être Lily Porter ou Charlene Davis : je me mettais à décrire leur maison et leur famille comme si c'étaient vraiment les miennes.

« Il m'est même arrivé, une fois ou deux, d'aller chez Charlene Davis, de marcher jusqu'à sa porte, comme si je rentrais chez moi. Un jour, j'ai failli me faire prendre. Sa sœur, Lori, est arrivée derrière moi, sans que je l'entende approcher, et m'a demandé ce que je faisais là.

« Je lui ai répondu que je venais juste voir sa sœur, mais elle m'a regardée d'un drôle d'air parce que Charlene faisait partie de la troupe des pom-pom girls de l'école et qu'à cette heure-là, elle était forcément à l'entraînement. J'ai prétendu que j'avais oublié et je suis partie en vitesse. Quand Charlene m'en a parlé, le lendemain, je lui ai raconté que je m'étais juste trouvée, par hasard, dans son quartier et que, comme j'avais du temps à perdre, j'étais allée me promener par chez elle. J'ai bien vu qu'elle ne me croyait pas. C'est même à partir de ce jour-là que les autres ont commencé à me regarder de travers, comme si j'étais cinglée.

« C'était plus fort que moi. Je voulais tellement être dans leur peau, vivre leur vie, que j'en étais arrivée à suivre leur mère au supermarché, à faire comme si j'étais avec elle, comme si on faisait les courses ensemble.

« Tu trouves ça lamentable, hein ? ai-je lâché, en me tournant vers Jade.

Je savais qu'elle n'allait pas me rater, alors autant prendre les devants.

— Non, m'a-t-elle répondu. Non, sincèrement, a-t-elle répété, en voyant mon air sceptique. Je peux tout à fait comprendre que l'on ne veuille pas être qui l'on est. J'ai ressenti cela bien des fois.

— Moi aussi, a renchéri Misty.

— Oui, a dit Cat, avec une surprenante conviction. Moi aussi.

À en croire son expression, elle semblait savoir mieux qu'aucune d'entre nous ce que ça voulait dire et je me suis demandé si son histoire pouvait être encore plus triste que la mienne – j'avais du mal à imaginer comment !

— Ce n'est pas tout, ai-je repris, non pas tant pour faire dans la surenchère – il n'y avait pas franchement de quoi être fière – que parce que j'avais brusquement envie de tout raconter, besoin de vider mon sac. Un jour, je me suis foulé la cheville en cours de gym et la prof m'a envoyée me rhabiller. Quand je suis arrivée dans les vestiaires, j'ai vu que le casier de Charlene n'était pas cadenassé. Je l'ai ouvert et j'ai pris son chemisier.

J'ai vu Jade faire la grimace. On aurait dit que quelqu'un venait de lui marcher sur le pied. Un peu plus, elle criait « aïe ! ».

— Mais pourquoi diable avoir fait une chose pareille ? s'est-elle exclamée.

— Pour le porter, tiens ! Quand je serais seule à la maison, dans ma chambre. C'est ce que j'ai fait, d'ailleurs. Je pouvais alors prétendre que j'étais vraiment Charlene Davis, que j'habitais une belle maison et que j'avais un vrai papa et une vraie maman. Son père était dans les affaires. Il était directeur commercial, ou un truc comme ça. Il gagnait bien sa vie et sa mère était toujours vachement chic. Ils assistaient à tous les matchs de basket pour voir leur fille faire son show avec les autres pom-pom girls du collège. En plus, on faisait pratiquement la même taille, elle et moi, alors son chemisier m'allait comme un gant.

— Mais qu'est-ce qui s'est passé quand elle s'est rendu compte qu'il avait disparu ? s'est inquiétée Misty. On ne t'a pas accusée de l'avoir volé ?

— Non. La prof a demandé à tout le monde d'ouvrir son casier et elle les a tous inspectés.

— Comment ça se fait qu'on n'ait rien trouvé dans le tien ? Où l'avais-tu caché ? a-t-elle insisté.

— Mais je ne l'avais pas mis dans mon casier. Je vous ai déjà dit que je voulais l'emporter à la maison, alors je l'avais planqué sous ma jupe. Personne n'a osé aller regarder là. On en a déduit que quelqu'un s'était introduit dans les vestiaires pour voler nos affaires. C'était déjà arrivé avant. Après je l'ai glissé dans mon sac de sport et Charlene a été obligée de garder son body de gym toute la journée.

« À peu près un mois plus tard, je l'ai rapporté et je l'ai posé sur le banc, près de son casier. Tout le monde a trouvé ça bizarre. Ça, pour être bizarre, c'était bizarre ! C'était même complètement débile.

— Non !

On s'est toutes retournées d'un bloc vers Cat. Elle n'essayait pas de se cacher, cette fois. Au contraire, elle avait relevé la tête et nous regardait droit dans les yeux. Mais, en fait, je crois bien qu'elle ne nous voyait pas. Son expression était lointaine et son regard semblait vide.

— Pourquoi « non » ? lui ai-je demandé.

— Parce que moi, ce n'est pas dans les habits des autres que je voudrais être. C'est dans leur corps.

Elle avait lâché ça d'un trait. Après, personne n'a plus osé ouvrir la bouche et le silence s'est installé. L'atmosphère est devenue si pesante que, même avec les lampes allumées, une ombre noire semblait planer au-dessus de nous comme un couvercle.

— Bien, a dit le Dr Marlowe. Pourquoi ne pas aller voir ce que deviennent ces fameuses pizzas, hum ? C'est bientôt l'heure, si je ne me trompe.

Elle s'est levée et s'est tournée vers moi.

— Tu reprendras après le déjeuner, d'accord ?

J'ai hoché la tête et elle a quitté la pièce. Elle n'avait pas passé la porte que Jade se penchait vers moi.

— Je suis désolée de m'être montrée désagréable envers toi, m'a-t-elle murmuré, avant d'ajouter précipitamment : Et ce n'est pas du tout que je te prenne en pitié ou que je veuille te témoigner la moindre compassion, alors ne te fâche pas contre moi !

— Oh ! ça va, lui ai-je répondu d'un ton las. Au point où j'en suis, je crois que j'en aurais bien besoin, de toute façon.

— Je crois qu'on en aurait toutes bien besoin, a renchéri Misty.

— Tant qu'on n'attend pas après, ai-je soupiré. C'est une denrée rare, par les temps qui courent.

— Le, souffla Jade.

— Quoi « le » ?

— Par « le » temps qui court.

— Ah bon ? s'est étonnée Misty.

J'ai acquiescé sans faire d'histoires :

— Bon, si tu veux. En tout cas, ma mamie dit toujours que celui qui attend trop longtemps sur le quai de la pitié rate le train du bonheur.

Ça les a toutes fait sourire – même Cat – et l'atmosphère s'est un peu détendue. Tout le monde semblait nettement plus à l'aise, tout à coup. C'était comme si on était toutes en train de se mesurer, multipliant les essayages, tirant d'un bord et de l'autre, faisant de petites retouches ici ou là, s'ajustant au mieux pour finalement trouver le moyen de faire aller l'ensemble.

— Ta grand-mère semble être une vieille dame pleine de sagesse, m'a dit Jade.

J'ai hoché la tête, avant de déclarer avec enthousiasme :

— Bon, je crois bien que j'ai faim. Au moins, on n'aura pas tout perdu dans cette affaire : on aura gagné un déjeuner ! J'espère que je ne vous ai pas coupé l'appétit.

— Pas à moi, en tout cas ! s'est écriée Misty.

Elle s'est aussitôt plaqué la main sur la bouche, en devenant rouge comme une pivoine.

Et, soudain, on a toutes éclaté de rire en même temps.

Ah ! que ça faisait du bien ! autant que cet arc-en-ciel que mamie ne désespérait jamais de voir apparaître après l'orage.

3

Le Dr Marlowe avait fait mettre la table sous la véranda. Les larges baies vitrées donnaient sur le parc et les portes coulissantes s'ouvraient sur la piscine. Il pleuvait encore un peu. Les gouttes zigzaguaient, dessinant des formes étranges sur les carreaux. Probablement alléchés par les vers de terre sortis prendre l'air sous l'averse, les oiseaux voltigeaient d'arbre en arbre, survolant le gazon en rase-mottes. Jamais je n'en avais vu autant. Et je me suis dit, en les regardant : *Ils ne vont pas être les seuls à se régaler, aujourd'hui !* C'est alors que j'ai surpris mon reflet dans la vitre. J'avais le sourire aux lèvres et l'air euphorique. Je n'en revenais pas. J'avais tellement peu l'habitude de me voir comme ça que j'ai dû me toucher la joue pour être sûre que c'était bien moi.

Je n'ai pas vraiment l'habitude de regarder les oiseaux non plus. Je sais qu'il y en a là où on vit, mamie et moi, mais je ne prends pas le temps de lever le nez ou je n'y fais tout bonnement pas attention. Alors qu'ici, avec ces immenses pelouses, ces massifs de fleurs multicolores et cette jolie petite fontaine, j'avais une réaction complètement différente, comme si j'avais quitté la ville : l'impression d'être à la campagne, en somme. Je suppose que, pour les autres, tout ça n'avait rien d'extraordinaire. En tout cas, elles semblaient trouver ça normal. Pour elles, les parcs, les oiseaux, les arbres, les fleurs, les fontaines, c'était pour ainsi dire acquis : ça faisait partie du décor.

— Ah ! vous avez finalement sacrifié vos lauriers-roses, je vois.

Jade avait lancé ça dès l'entrée, avec un ton tellement dégagé qu'on aurait pu la prendre pour la propriétaire s'adressant à son jardinier.

Le Dr Marlowe nous avait parlé de ses lauriers-roses, la veille, et de son regret de devoir les faire arracher.

— Oui, je m'y suis résignée, en effet, mais non sans un petit pincement au cœur. Cela dit, ils étaient en train de mourir : il valait mieux les remplacer tout de suite.

— Ma mère ne serait même pas capable de faire la différence entre un cactus et un séquoia, pas plus que de mettre un nom sur aucune des fleurs du parc, d'ailleurs, a murmuré Misty, d'une voix songeuse. Elle sait seulement qu'elles coûtent une fortune. Elle a délibérément renvoyé notre jardinier pour en prendre un plus cher...

Un petit sourire espiègle est apparu sur ses lèvres.

— ... Il faut dire que ça fait partie du contrat qu'elle a passé avec papa pour le divorce : c'est lui qui est responsable de l'entretien de la propriété.

Et elle a ajouté en riant :

— Ah ! ça en a fait encore, des histoires, le remplacement du jardinier !

Son sourire s'était fait franchement ironique : elle avait l'air de jubiler.

En voyant Sophie arriver avec son pichet de limonade et ses pizzas, je me suis dit que si nos parents, le juge ou le conseil disciplinaire du lycée ne nous avaient pas obligées à venir ici, il y aurait eu autant de chance qu'on déjeune ensemble autour d'une même table que pour mamie de gagner au loto. Qui sait, on s'était peut-être déjà croisées dans un centre commercial ou devant l'entrée d'un cinéma ? Mais, ce qui était certain, c'est qu'on ne s'était même pas regardées. Jusqu'à maintenant, chacune de nous aurait tout aussi bien pu être invisible pour les trois autres. On n'était pas « du même monde », comme aurait dit Jade.

— Je n'étais pas sûre que vous aimeriez toutes la pizza, nous a confié le Dr Marlowe, en prenant un siège. J'ai eu du flair, apparemment.

— Oh ! moi, je mange n'importe quoi !

Si on m'avait demandé qui, de nous quatre, pouvait balancer un truc pareil, ce n'est pas à Misty que j'aurais pensé. Après tout, s'il y en avait une qui avait des kilos à perdre, c'était bien Cat. Pourtant, à voir la façon dont elle se comportait à table, on aurait juré qu'elle avait un appétit d'oiseau : elle chipotait, grignotait du bout des dents, comme si, pour elle, manger était un crime. Elle craignait sans doute d'être prise en flagrant délit !

— Pour ma mère, c'est épouvantable, évidemment : une véritable catastrophe, poursuivait Misty. Elle s'est fait un tableau des plats qu'elle s'interdit et l'a épinglé sur le mur de la cuisine. Elle appelle ça ses « Dix Péchés Capitaux » parce qu'ils feraient, paraît-il, des ravages sur son teint de pêche et sur sa ligne. La pizza est en tête de liste, bien entendu, nous a-t-elle annoncé, avant de mordre à belles dents dans la sienne.

Je suis sûre qu'elle y prenait encore plus de plaisir, rien que d'y penser.

— Maman donnait parfois des restes de pizza à Rodney au petit déjeuner.

J'avais parlé tout haut, sans vraiment m'en rendre compte. Ça m'était venu comme ça.

— Sans blague ! s'est écriée Misty. Pour le petit déjeuner ? Est-ce qu'elle lui donnait sa dose quotidienne de vitamines, au moins ?

Je l'ai regardée comme si elle était folle.

— Toi, tu as l'air en pleine forme, en tout cas, a décrété Jade, en me jaugeant d'un œil critique. Et ton petit frère, est-il en bonne santé ?

Le Dr Marlowe s'est calée contre le dossier de sa chaise pour déguster tranquillement sa pizza, un petit sourire amusé aux lèvres. En la regardant, j'ai eu l'impression que chacune de nos paroles était enregistrée, chacun de nos gestes, analysé, comme si on était des espèces de cobayes et qu'on lui servait à réaliser une étude psychologique, une thèse sur les adolescentes à problèmes ou un truc dans le genre.

— Oh ! De ce côté-là, il ressemble plus à mon père qu'à ma mère, heureusement, lui ai-je répondu. Mamie l'appelle « la grande perche ». Il est déjà presque aussi grand que moi. C'est un gentil garçon, un peu timide et renfermé – trop, au goût de ses maîtres. Il n'est pas très bon à l'école. Il faut toujours qu'il décroche la plus mauvaise note de la classe. Je lui répète sans arrêt qu'il doit…

— « Sans cesse », m'a interrompue Jade.

— Quoi ?

— On ne dit pas…

— … « quoi ? », mais « comment ? ». Mais oui, Miss Je-sais-tout. Je lui dis « sans cesse » qu'il doit faire des efforts. Pourquoi tu ne viens pas à la maison lui donner des leçons, pendant que tu y es, toi qui es si calée ?

Cat s'est immédiatement figée. On aurait dit qu'elle n'osait même plus mâcher. Ses prunelles allaient de Jade à moi, dans un va-et-vient perpétuel, comme si elle s'attendait à un règlement de comptes sanglant d'une seconde à l'autre.

— Je suis désolée, a murmuré Jade sans me regarder. C'est une habitude chez moi, de reprendre les gens. Quand je reprends ma mère, elle perd tous ses moyens. Et puis… il n'est pas impossible que je le fasse.

— Que tu fasses quoi ? lui a demandé Misty.

— Que je donne des cours à son frère. Je l'ai déjà fait pour l'« Opération Grande Sœur » lancée par mon lycée dans le cadre du programme de rattrapage scolaire.

— Ben voyons, ai-je maugréé. Mais ne va surtout pas croire que je vais m'extasier.

— Tu sais, Star, m'a-t-elle rétorqué, quoi que tu en penses, pour certaines personnes, l'entraide n'est pas un vain mot.

— Mais oui, bien sûr, lui ai-je répondu. Tu n'as qu'à voir comment on s'entraide déjà ici.

Elle a aussitôt affiché son petit sourire suffisant, comme si elle comprenait des choses que je ne comprendrais jamais et qu'elle ne s'abaisserait de toute façon pas à m'expliquer.

Peut-être qu'on n'était pas faites pour s'entendre, elle et moi, finalement. Peut-être qu'on était comme papa et maman : le Feu et l'Eau.

— J'espère que vous allez tout manger, mesdemoiselles. Je ne tiens pas à conserver un « péché capital » à la maison : c'est trop tentant !

La psy avait dit ça avec un regard en coin pour Cat, comme pour l'encourager à finir sa part.

— Emma n'est pas là, aujourd'hui ?

Je me suis demandé si, comme moi, Misty imaginait déjà Emma s'empiffrant des restes avec délice. On aurait pu mettre deux Dr Marlowe dans les robes de sa sœur.

— Elle n'est pas très en forme, en ce moment. Elle souffre d'une terrible sinusite, et cette pluie incessante ne va rien arranger.

— Depuis combien de temps Emma et vous vivez-vous dans cette maison ? lui a demandé Jade.

— J'ai vécu ici toute ma vie. Ma situation, après le divorce de mes parents, a été un peu différente de la vôtre : ma sœur et moi sommes restées avec notre père. C'est ma mère qui en a décidé ainsi.

— Pourquoi ?

Misty venait probablement de formuler tout haut la question que chacune se posait tout bas.

Cat a relevé les yeux de son assiette. Il y avait, dans son regard, une curiosité manifeste. Elle était sans doute tout aussi impatiente que nous d'en savoir un peu plus sur la personne qui était censée connaître les réponses à toutes nos questions et détenir la solution à tous nos problèmes.

— Ma mère s'intéressait davantage à son métier qu'à son rôle d'épouse ou de mère. Je suppose que c'est l'une des raisons qui ont conduit mes parents au divorce, d'ailleurs – non pas que je prétende qu'elle n'aurait pas dû, ou qu'on ne peut pas se consacrer à sa carrière quand on a un mari et deux enfants. Loin de moi cette pensée.

— Vous avez donc vécu dans cette maison avec votre père ?

Avec ses grands airs, je commençais à trouver Jade plutôt sans-gêne, tout de même.

— Oui. Et puis, il y a environ vingt-deux ans, Emma est revenue s'installer ici, après son divorce.

— Vous avez vécu toute votre vie dans la même maison, alors ?

À l'entendre, Misty avait l'air de trouver ça carrément ahurissant.

— Oui.

— Il faisait quoi votre père ?

Puisque tout le monde la mitraillait de questions et que ça n'avait pas l'air de la déranger beaucoup, je ne voyais pas pourquoi je n'aurais pas mis mon grain de sel, moi aussi, après tout.

— Il était avocat d'affaires et ma mère enseignait l'art dramatique à l'université, à l'UCLA très exactement. Je la voyais souvent, et plus encore quand je suis entrée en faculté.

Je n'ai pas pu m'empêcher de poursuivre l'interrogatoire. Elle s'y prêtait si docilement.

— Ils sont morts tous les deux ?

— Non. Ma mère vit encore. Elle a été placée dans un institut spécialisé. Elle souffre de la maladie d'Alzheimer. Vous savez toutes ce que c'est ?

— On oublie tout, a répondu Misty.

— Quelle chance ! s'est exclamée Jade.

Tout le monde en est resté la fourchette en l'air. Elle a haussé les épaules.

— Eh bien oui, a-t-elle enchaîné, sans se démonter. Si nous pouvions tout oublier et recommencer à zéro, comme on rembobine une cassette pour l'effacer, ce serait merveilleux, non ?

— Il ne s'agit pas d'oublier le passé, Jade, lui a rétorqué la psy. Au contraire, vous devez apprendre à vivre avec, à prendre du recul par rapport aux événements qui l'ont jalonné et, surtout, à faire en sorte qu'il ne vous empêche pas d'aller de l'avant et de travailler, dans le présent, à vous construire un avenir meilleur.

« Après tout, c'est pour cela que vous êtes ici, a-t-elle conclu.

Après ça, personne n'a plus soufflé mot. Chacune s'est remise à manger en silence, mais j'aurais parié qu'intérieurement on croisait toutes les doigts, en priant pour qu'elle ait dit vrai et pour que, grâce à elle, on réussisse effectivement à atteindre cet improbable Eldorado. Misty et Jade se sont alors lancées dans une conversation en tête à tête, parlant maquillage et chiffon. Misty reconnaissait qu'elle ne manquait pas de très jolies robes, mais qu'elle se sentait mieux en jean et en tee-shirt.

À la fin du repas, la psy nous a proposé de visiter le reste de la maison. J'ai alors bien vu, à leur réaction, que, comme moi, les autres n'étaient jamais sorties de son cabinet. Elle nous a d'abord emmenées dans le salon et elle nous a montré quelques-uns des tableaux que son père avait achetés en Europe. Elle nous a dit qu'il préférait les Impressionnistes et que l'un des tableaux auxquels il tenait le plus était un authentique Monet. Je n'y connais pas grand-chose en peinture, mais Jade a semblé... très impressionnée, justement.

Un des tableaux a plus particulièrement retenu l'attention de tout le monde. Il représentait une petite fille d'environ sept ou huit ans qui se tenait au bord d'une mare et contemplait son propre reflet dans l'eau.

— Mon père aimait beaucoup celui-ci, nous a confié le Dr Marlowe, en se plaçant derrière nous pour nous permettre de l'examiner de plus près. Il me disait que, pour lui, c'était comme si la petite fille prenait pour la première fois conscience de sa beauté.

— Ce n'est tout de même pas la première fois qu'elle se voit ? lui ai-je demandé.

— Non, je ne pense pas.

— Peut-être que personne ne lui avait jamais dit qu'elle était jolie et que, par conséquent, elle se croyait moche, a suggéré Misty.

— Et qu'elle n'osait pas espérer qu'il puisse jamais en être autrement, a ajouté Jade.

— Peut-être que tout le monde lui disait qu'elle était moche et qu'elle savait qu'on lui mentait exprès, a lâché Cat, avec, dans la voix, une telle colère rentrée que ça m'a glacée.

Misty a tourné les yeux vers elle, tandis que Jade, gardant les siens rivés au tableau, me donnait un coup de coude. Je me suis discrètement retournée vers Cat. Elle serrait les dents et son regard luisait, comme si une petite bougie brûlait derrière chacune de ses prunelles.

— Est-ce que ce tableau porte un nom ? a demandé Misty.

— Oui. Le peintre l'a baptisé *Reflets dans une mare*.

— C'est tout ?

— Tu sais, Misty, parfois les choses ne sont que ce qu'elles sont, lui a gentiment fait remarquer le Dr Marlowe.

— Si c'était toujours le cas, vous seriez au chômage, a persiflé Jade, avec son air de ne pas y toucher.

La psy a éclaté de rire. Elle riait tellement qu'elle se tenait littéralement les côtes. Sa gaieté n'a pas tardé à toutes nous gagner et, soudain, je me suis sentie si légère, si heureuse que j'aurais voulu que le temps s'arrête et que je n'aie jamais à raconter la fin de mon histoire. Je savais pertinemment l'effet que ça aurait sur la bonne humeur générale.

Mais on était là pour ça. Et puis, de toute façon, elles n'attendaient toutes que ça.

On est donc remontées en chœur au premier et chacune a repris sa place.

— J'apprécie vraiment que les choses puissent se passer d'aussi agréable façon pour nous toutes, s'est félicitée le Dr Marlowe en nous adressant un large sourire. Je tenais à vous le dire et à vous en remercier, mesdemoiselles.

Et puis elle s'est tournée vers moi et je me suis dit : *Et me revoilà partie pour un tour !* C'était comme sur les montagnes russes : à peine on est arrivé en haut qu'il faut déjà replonger.

— J'ai passé mon temps à vous dire que c'était encore... pis après ci et encore pis après ça, alors vous devez toutes penser que, dans le genre galère, j'avais atteint le summum, ai-je commencé, avec un regard appuyé pour Jade, histoire de lui prouver que j'avais bien retenu la leçon. Eh bien non. Les choses se sont encore gâtées quand maman s'est trouvé un... un jules.

« Je savais bien qu'elle avait des... "copains", de temps en temps, mais elle n'avait jamais amené personne à la maison. Aaron Marks était nouveau dans le quartier et elle ne le connaissait pas avant qu'il ne mette les pieds au Bill Le Borgne Bar. Car c'était là qu'ils s'étaient rencontrés, évidemment.

« Je dois bien avouer qu'à mon avis, maman n'était pas très fidèle à papa, même quand ils étaient encore ensemble.

Dès que papa partait sur un chantier pour un contrat de plusieurs jours, j'avais toujours l'impression que maman avait quelqu'un d'autre. Elle ne me l'aurait jamais dit, bien sûr, mais on entend des choses parfois. La rue grouille de commères et de ragots et vous avez plutôt intérêt à tendre l'oreille, si vous ne voulez pas vous faire avoir au premier tournant.

« Quand maman était avec moi et qu'elle rencontrait une de ses "copines", elles se mettaient forcément à papoter, toutes les deux. Et vas-y que je ricane et que je cancane. Mais je savais lire entre les lignes, moi, et je comprenais bien quand maman était sortie avec quelqu'un ou qu'elle était même juste allée faire un tour dans une voiture, là, derrière le bar. Ça m'inquiétait parce que j'avais peur qu'elle attrape des maladies ou qu'elle se retrouve enceinte d'un autre que papa, mais je n'osais pas en parler.

« Si j'avais l'air surprise ou que ça se voyait trop sur ma figure que je soupçonnais quelque chose, elle me disait tout simplement : "Tu connais Shirley : elle plaisante tout l'temps. Faut pas croire la moitié de c'qu'elle raconte. Et t'avise pas d'aller répéter ça à papa ou à mamie. T'entends c'que j'te dis, Star ?"

« Quand je ne répondais pas assez vite à son goût, elle me prenait par le bras et me secouait jusqu'à ce que je me retourne vers elle et que je lui dise : "Quoi ?

« — T'as intérêt à m'répondre quand j'te parle. T'as compris c'que j't'ai dit ?" Alors je lui servais le "Oui" qu'elle attendait, mais dans un tel hurlement que ça devait lui déchirer les tympans.

« "Et t'as pas intérêt à m'causer des ennuis, par-dessus l'marché, ma fille, beuglait-elle à son tour. J'en ai assez com'ça, sans qu'tu m'en rajoutes." Et elle grommelait sur tout le chemin du retour.

« Vous pensez peut-être qu'on n'avait jamais de vraies conversations complices, ces confidences mère-fille que vous avez sans doute toutes connues avec la vôtre ? Eh bien si, figurez-vous. Mais pas vers la fin, évidemment. Avant. Avant que les choses aient si mal tourné que j'en étais arrivée à ne plus pouvoir lui parler, ni même la regarder.

Je me suis tournée vers Misty.

— Tu disais, hier, que tu te demandais comment deux personnes, qui s'étaient soi-disant aimées, pouvaient tout à coup se haïr à ce point-là. Tu voulais savoir ce qui arrivait à tous ces beaux serments qu'ils s'étaient murmurés l'un à l'autre et à toutes ces belles choses qu'ils avaient faites ensemble ? Eh bien, moi aussi, je me suis posé la question. Et, un jour que maman était à peu près claire et qu'elle s'occupait tranquillement de Rodney, je l'ai interrogée là-dessus : "Tu as été amoureuse de papa, avant, hein m'man ?"

« Elle m'a répondu : "Et alors ?

« — Je me demandais seulement comment ça se faisait que tu ne l'aimais plus maintenant, c'est tout." Pour une fois qu'elle était de bonne humeur, je ne voulais pas la prendre à rebrousse-poil. Alors, je lui parlais avec douceur et j'ai tout de suite baissé les yeux : il ne fallait surtout pas qu'elle prenne ça pour de la provocation.

« Mais elle n'a pas renâclé, pour une fois. Elle m'a dit : "Passqu'il est plus l'homme que j'suis tombée amoureuse de lui, voilà pourquoi. Il m'a roulée, la v'là la vérité. Quand on sortait ensemble, y m'disait toujours qu'il était pas pareil que les autres et comment les choses seraient différentes pour nous. On s'rait pas comme tous ces paumés qu'y avait autour de nous, tous ces gens qu'avaient jamais un sou et qui squattaient n'importe où. Nous, on aurait une vraie maison bien à nous.

« "Et qu'il aurait sa propre entreprise qu'il dirig'rait et que j's'rais une grande dame élégante. Et qu'j'aurais ma voiture à moi et qu'on aurait une belle maison et patati et patata et vas-y que j't'embobine. Voilà c'qu'il a fait : il m'a tendu un piège et j'suis tombée d'dans. J'ai accepté d'coucher avec lui en pensant qu'il tiendrait ses promesses. Mais c'était qu'du vent, tout ça. Et quand j'lui demandais c'qui leur était arrivé, à toutes ces belles promesses, y m'disait qu'il faisait c'qu'il pouvait, qu'il fallait que j'sois patiente.

« " 'Patiente ? que j'lui disais. Patiente ? J'serai vieille à force d'être patiente !' Alors, il se r'fermait comme une huître, comme il faisait toujours. Y f'sait comme si qu'j'étais pas là, juste à côté. Il pouvait être si énervant, des fois ! Tu l'sais bien, toi. Tu l'as vu souvent comme ça.

« — Peut-être qu'il faisait vraiment de son mieux." Je prenais franchement des risques en lui disant ça, je le savais, mais elle ne s'est pas mise en colère, non. Elle a éclaté de rire.

« "Ouais. Regarde donc un peu où c'est qu'on vit. Le v'là l'palace qu'y m'a promis ! Peuh ! les hommes, tous des menteurs ! Les ment'ries, z'ont qu'ça à la bouche. T'en va pas en croire aucun, Star. Écoute bien c'que j'te dis là."

« Elle a regardé Rodney qui jouait par terre avec son camion de pompiers, et puis elle a secoué la tête.

« "C'est tellement mignon quand c'est p'tit ! Et puis ça grandit... Ils laissent leur truc prendre le d'ssus et c'est fini. Pour eux, y a plus qu'ça qui compte. C'est ça qui les mène dans la vie. Et qui nous gâche la nôtre !"

« Je comprenais parfaitement ce qu'elle entendait par là, mais je n'arrivais pas à croire qu'elle puisse me dire ça, à moi. On n'avait jamais vraiment parlé de ces choses-là. Elle devait penser que j'apprendrais toute seule, comme elle. À croire que, quand nos hormones se réveillent, la lumière jaillit spontanément, comme par l'opération du Saint-Esprit, et que, tout d'un coup, on sait tout ce qu'il faut et tout ce qu'il ne faut pas faire. Ouais, eh bien, la plupart des filles n'avaient pas l'air très au courant – pour ce qui est de la deuxième catégorie, en tout cas. Du moins, la plupart de celles que je connaissais.

— Ma mère ne s'est pas précisément proposé de me faire bénéficier de ses lumières en la matière non plus, a reconnu Jade.

— Pardon ?

— Je voulais parler de ses conseils en matière de... condition féminine, m'a-t-elle expliqué, la bouche en cul-de-poule.

— Oh ! L'infirmière du collège nous avait bien appris deux ou trois trucs là-dessus, lui ai-je rétorqué, de peur de passer pour une gourde. Elle donnait même des serviettes aux filles, quand ça leur arrivait. Moi, je me souviens, quand j'ai commencé à avoir mal au ventre et que je l'ai dit à ma mère, elle n'a rien trouvé de mieux que de m'en coller une dans les mains en me disant de la mettre au cas où.

« Et comme je lui demandais : “Au cas où quoi ?”, elle s’est écriée, en pointant le doigt sur ma poitrine : “Non mais, regardez-moi ça ! C’est qu’y aura bientôt du monde au balcon, on dirait, hein ? Eh ben, tu vas être des nôtres : tu vas morfler comme les autres !” Elle s’était mise à fredonner ça, en ricanant, sur l’air d’une chanson à boire, et puis elle a conclu en disant : “Bienvenue au club ! Ton calvaire fait qu’commencer, ma fille.”

« C’est à peu près tout ce qu’elle m’en a dit. Pour le reste, je l’ai appris auprès des copines et dans les petites brochures qu’ils avaient à l’infirmerie. Et puis, un jour – je devais avoir bientôt treize ans –, ça m’est tombé dessus sans crier gare. J’ai eu cette épouvantable douleur dans le ventre qui m’a quasiment pliée en deux. Je ne pouvais plus bouger tellement j’avais mal. On a appelé l’infirmière qui est venue me chercher en classe pour m’emmener à l’infirmerie. J’ai bien vu que les autres filles – et même certains garçons – se moquaient de moi derrière mon dos, mais j’avais bien trop mal pour m’en préoccuper.

« L’infirmière m’a fait allonger sur un lit et puis elle a téléphoné à la maison. Quand elle lui a expliqué ce qui se passait, maman lui a dit : “Et alors ? Qu’est-ce que vous voulez qu’j’y fasse ?”

« L’infirmière lui a répondu qu’elle devrait venir me chercher, mais maman a prétendu qu’elle ne pouvait pas à cause de Rodney qui était malade, qu’elle était obligée de le garder – ce qui, à mon avis, était un bobard monumental. En fait, elle était sans doute encore en train de picoler, et elle ne devait pas être toute seule, par-dessus le marché. Quand j’ai enfin réussi à me lever et à marcher, je suis rentrée à la maison et j’ai pu vérifier que je ne m’étais pas trompée.

« C’était la première fois que je voyais Aaron Marks. Quand je suis entrée, la musique était à fond et maman était en slip. Ils dansaient en buvant du gin. En m’apercevant dans l’encadrement de la porte, elle s’est brusquement détachée d’Aaron qui a aussitôt baissé le son, puis elle a chancelé un moment, en me regardant sans rien dire, et, finalement, elle a éclaté de rire.

« "V'là ma fille, Star, a-t-elle bredouillé. L'a eu ses règles aujourd'hui." Elle a levé son verre et elle a ajouté : "Buvons pour fêter ça !" en liant le geste à la parole.

« Je n'ai pas vraiment eu le temps de voir à quoi ressemblait Aaron Marks, ce jour-là. J'avais tellement honte que j'ai couru me cacher dans ma chambre. Je les ai entendus rire et trinquer. Quand Rodney est rentré de l'école, ils étaient dans la chambre de maman. Je me suis précipitée pour aller le chercher et je l'ai enfermé dans la mienne, en lui ordonnant de ne pas bouger. Mais il s'est mis à pleurer parce qu'il avait envie de faire pipi. Alors je l'ai laissé sortir. Mais il a entendu le rire de maman et il est allé tout droit dans sa chambre. Le spectacle d'un autre homme que son père, nu au lit avec elle, l'a cloué sur place.

« Rodney n'est pas seulement timide : quand il a peur ou que quelque chose le perturbe, il a du mal à parler et se met à bégayer. On dirait qu'il est en train de s'étouffer sur un os de poulet. Je l'ai attrapé par la main et je l'ai traîné dans ma chambre. Le pauv'chou ! il est resté assis là, par terre, avec ses yeux pleins de questions. Je ne savais même plus par quel bout le prendre.

« Je lui ai juste dit : "Elle a recommencé à boire. Il faut qu'on attende ici jusqu'à ce que ce soit fini."

« C'était un peu comme se réfugier à la cave pendant un orage : j'essayais de le tenir occupé, mais, chaque fois qu'on entendait un rire ou quelque chose qui heurtait un mur ou qui tombait sur le plancher, on se figeait tous les deux, osant à peine respirer, et on dressait l'oreille, le cœur battant. Je savais que Rodney avait peur de cet homme qu'il n'avait jamais vu avant et qu'il venait de trouver dans les bras de sa mère, mais qu'est-ce que j'aurais bien pu lui dire pour le rassurer ? Je n'en savais pas plus que lui au sujet d'Aaron Marks, à l'époque.

« Je priais le Bon Dieu pour qu'on en soit quitte le plus vite possible, mais ça n'en finissait pas. Ça a duré tout l'après-midi et une bonne partie de la soirée, jusqu'à ce que maman s'écroule ivre morte et qu'Aaron Marks quitte l'appartement. Quand j'ai entendu la porte d'entrée se refermer, je suis allée jeter un œil, en recommandant à Rodney de rester où il était. J'ai marché sans bruit jusqu'à la chambre de maman. Elle était toute nue sur son lit, la tête dans l'oreiller, et elle ronflait comme un cochon.

« Peut-être que c'est pour ça que mes premières règles ont été un véritable cauchemar. Je ne sais pas. Il paraît que le stress peut faire ça.

J'ai lancé un regard interrogateur à la psy. Elle a acquiescé d'un petit signe de tête.

— J'avais tellement mal au ventre que je pouvais à peine préparer quelque chose à manger pour Rodney. J'ai fini par jeter l'éponge et je lui ai juste fait un sandwich au beurre de cacahuète. De toute façon, il était bien trop terrorisé pour avaler quoi que ce soit.

« Il s'est endormi dans mon lit, cette nuit-là, et je n'ai pas pu le renvoyer dans le sien, bien que j'aie passé une nuit épouvantable : j'étais obligée de me lever pour me changer et j'avais tellement mal que je devais faire les cent pas en me tenant le ventre et en geignant de douleur. Tard dans la nuit, j'ai entendu maman se lever, heurter une chaise et pousser un juron. Après, j'ai entendu de l'eau couler dans la cuisine et son pas traînant qui se dirigeait vers sa chambre : elle allait se recoucher. Elle dormait encore quand je me suis levée, le lendemain matin. J'aidais Rodney à se préparer pour aller à l'école, quand elle s'est réveillée.

« J'avais l'impression d'avoir reçu des coups de poing dans le ventre toute la nuit. J'avais mal aux seins, aux reins, partout, et j'étais d'une humeur massacrante. Alors, quand maman a passé la tête par la porte de sa chambre pour demander ce qui se passait, j'ai braillé aussi fort qu'elle :

« "À ton avis ? Il est sept heures et demie du matin et Rodney va à l'école. Et il a dormi toute la nuit dans ma chambre parce que tu as voulu jouer les prolongations avec ton bonhomme, là !"

« Elle a cligné des paupières, comme si elle ne parvenait pas à se rappeler si c'était vrai ou pas, et puis, tout à coup, elle s'est mise en colère.

« "Je m'suis pas débarrassée d'ce bon à rien qu't'appelles ton père juste pour t'avoir su'l'dos à sa place, a-t-elle hurlé. Tu crois pas qu'tu vas m'faire la morale, non plus, non ? T'entends ? T'avise pas d'ouvrir la bouche, sinon… !

« — Ouais, eh bien, tu ferais mieux d'apprendre à fermer la tienne d'abord", je lui ai répondu. J'ai cru que les yeux allaient lui sortir de la tête. Elle s'est ruée sur moi, la main levée, prête à me gifler. Seulement, cette fois, je n'avais pas l'intention de me laisser faire. Elle ne me frapperait plus, c'était décidé. De toute façon, j'avais déjà assez souffert comme ça tout l'après-midi et toute la nuit. Alors, j'ai poussé une chaise en travers de son chemin. Elle l'a heurtée de plein fouet. Elle est carrément passée par-dessus. Ça l'a assommée et elle est restée là, inerte, les yeux ouverts, à regarder le plafond.

« C'est alors que je me suis rendu compte de l'état dans lequel était Rodney : il n'était pas seulement pétrifié de terreur ; il tremblait tellement que j'entendais ses dents claquer. Je l'ai soulevé de terre et je suis sortie en trombe de l'appartement. J'avais tout oublié : mes livres, mon porte-monnaie, tout, y compris mes serviettes, bien évidemment.

— Oh non ! a grogné Misty.

— Si ! Et j'ai eu un petit accident après avoir conduit Rodney à l'école.

— Qu'est-ce que tu as fait, alors ? m'a demandé Cat, qui s'était penchée et tendait le cou vers moi, en se tordant les mains.

— J'ai bien pensé aller chez mamie, mais je n'avais pas d'argent pour le bus. Je n'avais pas le choix : il fallait que je retourne à la maison. J'ai pratiquement rasé les murs tout le long du chemin. Quand je suis arrivée à l'appartement, je suis entrée comme un voleur. Maman s'était recouchée, avec un gant mouillé sur le front. Elle ne m'a pas entendue. J'ai traversé le salon et le couloir sur la pointe des pieds, puis j'ai pris ce dont j'avais besoin ; je me suis changée et je suis ressortie à pas de loup. Mais je suis arrivée en retard au collège et la prof m'a envoyée dans le bureau du principal. Mr MacDermott a voulu me coller parce que j'avais "un palmarès de retards qui s'étendait d'un bout à l'autre de son bureau". C'est ce qu'il a dit, du moins.

« Je lui ai répondu que je ne pouvais pas rester, qu'il fallait que je rentre pour m'occuper de mon petit frère. Il m'a alors dit que si je quittais l'établissement, j'aurais de sérieux ennuis, que ma mère n'avait qu'à s'occuper de mon petit frère elle-même. C'est là que j'ai dû perdre un peu les pédales. C'était la première fois que ça m'arrivait.

Bien que j'aie mangé comme un ogre, au déjeuner, j'ai soudain éprouvé une affreuse sensation de vide au creux de l'estomac. C'est alors que j'ai eu un haut-le-corps qui m'a coupé le souffle. Je suis restée un bon moment à haleter, sans pouvoir reprendre ma respiration, et puis j'ai aspiré une grande goulée d'air et j'ai fermé les yeux. Mais, tout de suite après, j'ai eu un étourdissement. J'ai cru que j'allais me trouver mal et je suis retombée contre le dossier du canapé en frissonnant.

— Laissons à Star le temps de se reprendre, a dit le Dr Marlowe. Je voulais justement vous montrer la bibliothèque. Star, fais donc une petite pause, m'a-t-elle conseillé. Allonge-toi un moment, si tu veux.

C'est ce que j'ai fait. J'avais gardé les yeux fermés, mais j'ai entendu leurs pas qui se dirigeaient vers le couloir, puis la voix du Dr Marlowe qui murmurait :

— Elle va s'en remettre, ne vous inquiétez pas.

Et leurs pas se sont éloignés.

Chaque fois que je repensais à maman basculant par-dessus cette maudite chaise pour s'écraser par terre, je revoyais Rodney, la bouche grande ouverte sur un cri inaudible. Où était-il donc parti ce cri muet ? Je me le demandais. Si vous ravalez un cri, est-ce qu'il explose à l'intérieur et vous éclate le cœur ? On éprouve une terreur absolue à voir sa mère ou son père s'évanouir, tomber ou se blesser. Ce sont nos parents et, dans notre esprit, aussi stupide que ça puisse paraître, ils sont aussi invincibles que Superwoman et Superman. Ils sont là pour s'occuper de nous. On tombe malade ; on rate une marche et on s'écorche le genou ; on se brûle ; on fait des tas de trucs idiots et parfois dangereux, mais ils sont toujours là pour nous réconforter et nous rassurer. Ce n'est pas à nous de nous occuper d'eux. On est trop jeunes, et puis on a bien trop peur pour ça. Pour nous, il ne peut rien leur arriver.

Maman n'a même pas eu un reste de dignité quand elle est tombée, en butant sur cette chaise. Elle a battu des bras un moment, comme un poisson hors de l'eau, puis elle a grogné et s'est affalée mollement. Pendant que je me précipitais vers la porte avec Rodney, j'ai jeté un coup d'œil en arrière et j'ai vu cet air ahuri qu'elle avait sur la figure. Elle ne savait même pas ce qu'elle faisait là, étalée par terre. En fait, elle avait surtout été surprise : elle avait eu plus de peur que de mal.

Mais, pour Rodney, c'était l'horreur absolue. Il avait le visage inondé de larmes. J'avais beau les essuyer, il en revenait toujours. J'avais l'impression qu'il ne réussirait jamais à s'arrêter, jusqu'à ce que je le prenne dans mes bras et que je le serre très fort en lui jurant que tout allait s'arranger :

« Je vais retourner à la maison pour m'occuper de m'man, promis. Toi, tu vas aller bien gentiment à l'école et quand tu reviendras, tout ira bien, tu verras. »

Il a cessé de trembler et, après avoir fait quelques pas avec moi, il s'est calmé un peu ; assez, en tout cas, pour aller à l'école.

En ce qui me concernait, c'était moins évident. Le souvenir de cette horrible scène me restait en travers de la gorge. C'était trop gros à avaler pour moi et ça me revenait tout le temps, comme un truc qu'on a mangé et qui n'arrive pas à passer. J'étais alors prise d'étourdissements et de brusques crises de tremblements.

Après quelques instants de repos, le malaise est passé et j'ai pu respirer normalement. Je me suis redressée et j'ai bu un peu d'eau. Dès que j'ai senti que je pouvais me lever, je suis allée à la fenêtre. Il ne pleuvait plus. Des rayons de soleil crevaient les nuages, transformant les gouttes accrochées aux feuilles et aux brins d'herbe en petits diamants étincelants. Tout semblait avoir été lavé, verni, lustré. Le parc tout entier brillait comme un sou neuf.

Je me suis dit, en contemplant le ciel : *Ça n'a pas été une bien grosse tempête. Mais ça a suffi. Regarde comme le monde est beau, maintenant !*

Ah ! si ça pouvait être pareil pour nous !

Si le Dr Marlowe pouvait nous aider à écarter les gros nuages noirs pour laisser entrer un peu de soleil dans nos cœurs !

Je les ai entendues revenir et j'ai respiré un bon coup.
J'étais prête à tenter ma chance et à essayer.
J'avais presque retrouvé l'espoir.
C'était déjà quelque chose, ça, non ?

4

— Comment ça va ? m'a demandé le Dr Marlowe, après avoir refermé la porte derrière Cat, qui rentrait la dernière – comme par hasard.

— Ça va.

— Nous pouvons nous arrêter là pour aujourd'hui, si tu veux.

Les autres me dévisageaient toutes d'un air inquiet, comme si elles se faisaient vraiment du souci pour moi.

— Non, non, ça va.

J'ai essayé d'y mettre un peu plus de conviction :

— Je préfère tout raconter maintenant et en être quitte, plutôt que d'avoir à dormir dessus et à recommencer demain.

Elle a hoché la tête et, d'un geste de la main, a invité Jade, Misty et Cat à reprendre leurs places. Je suis restée debout, les bras croisés. On aurait dit un de ces grands avocats qu'on voit plaider dans les procès retransmis à la télé. Le Dr Marlowe jouait le rôle du juge et les trois filles faisaient les jurés. Restait à savoir qui je cherchais à faire accuser dans cette histoire ? Ma mère ? Mon père ? Dieu – ou le hasard – qui m'avait fait naître dans une famille pareille ? À ce moment-là, je crois bien que j'en voulais à la terre entière.

— Le Dr Marlowe dit toujours qu'on devrait essayer d'affronter ses démons au lieu de jouer à cache-cache avec eux.

Jade a acquiescé ; un petit sourire goguenard s'est dessiné sur les lèvres de Misty et Cat s'est mise à me regarder, avec une telle intensité, une telle attente dans les yeux, que je me suis dit : *Tu as intérêt à tourner sept fois ta langue dans ta bouche avant de parler, ma vieille.*

— Je déteste raconter cette scène-là. Je déteste ces crampes qui me nouent l'estomac rien qu'à l'idée de devoir y repenser. Mais ce que je déteste encore plus, c'est de devoir admettre que j'ai peur. Enfin bref, quand le principal a recommencé à me menacer, je me suis tout bonnement mise à hurler et à me frapper les jambes à coups de poing. Ça me faisait du bien, comme si je me libérais de tout ce poids qui m'écrasait. Il n'avait jamais dû voir une chose pareille parce qu'il est parti en courant. Quand il est revenu, l'infirmière était avec lui. J'en étais déjà à m'arracher les cheveux et à secouer si violemment la tête que je me demande encore comment mon cou a tenu le choc – faut dire qu'il en avait vu d'autres : maman a la main leste, surtout quand elle a bu. L'infirmière m'a aussitôt prise à bras-le-corps pour tenter de me maîtriser.

« "Appelez Police Secours !" s'est-elle écriée.

« Le principal est ressorti en trombe. J'ai fini par me calmer un peu, mais je n'arrivais pas à reprendre haleine. J'avais le hoquet aussi. Ne riez pas ! Ça me faisait horriblement mal. Quand les pompiers sont arrivés, ils m'ont allongée sur un brancard, et puis ils m'ont sanglée et ils m'ont transportée hors du bureau du principal jusqu'à leur camion qui attendait dehors.

« Il y avait plein d'élèves aux fenêtres et à l'entrée du collège. Mais, vu l'état dans lequel j'étais, c'était bien le cadet de mes soucis.

« À l'hôpital, on m'a emmenée aux urgences, et puis on m'a abandonnée sur une table dans une salle d'examen. Il y avait bien une infirmière qui venait de temps en temps jeter un coup d'œil – elle me disait, à chaque fois, que le docteur arrivait –, mais je crois qu'il s'est bien passé une heure avant que je ne voie le moindre médecin. Je somnolais vaguement, réveillée toutes les cinq minutes par les bruits dans le couloir : les gens qui criaient, les ordres qu'on aboyait, les pas et le cliquetis des brancards.

« Ils avaient appelé maman, mais ils m'ont dit que ça ne répondait pas. Elle avait dû sortir. En tout cas, c'est ce qu'elle a raconté à tout le monde après. L'infirmière m'avait demandé si je savais où on pourrait la trouver et je lui avais parlé du Bill Le Borgne Bar.

« Finalement, le docteur est venu. Je dormais quand il est entré dans la salle. C'est lui qui m'a réveillée. Il m'a dit que j'allais bien et qu'il n'allait même pas me donner de médicaments. Je me souviens que je l'ai trouvé bien jeune pour être un vrai médecin. Il m'a expliqué que j'avais tout simplement fait une bonne crise de nerfs et il a ajouté, avec un soupir : "Il faut reconnaître que tu as de gros problèmes familiaux."

« Il m'a conseillé de voir le psychologue de l'hôpital. Quand maman est enfin arrivée, il lui a répété la même chose et il lui a même inscrit le nom du psy sur un bout de papier.

« Mais elle était moins inquiète qu'en colère parce qu'elle avait deux courses de taxi à payer : une pour venir et une pour me ramener à la maison. D'après ce que j'ai cru comprendre, elle avait tout oublié de ce qui s'était passé le matin même. Elle a dit au jeune médecin que j'allais très bien, que je n'avais pas besoin de psychologue et que, de toute façon, on n'avait pas d'argent à perdre là-dedans, vu qu'on avait même pas la Sécurité Sociale.

« Je suis donc rentrée avec elle et je me suis couchée. Elle a donné à manger à Rodney, et puis elle a transféré le lit de camp et les affaires de Rodney dans ma chambre. Ça m'a réveillée. Elle a voulu m'embobiner en me disant que c'était pour me faire de la compagnie, mais j'ai vite compris que c'était pour pouvoir recevoir Aaron Marks à la maison. Aaron ne voulait pas entendre parler d'un gamin dans leur chambre.

« Après ça, maman est allée travailler chez Bill comme si de rien n'était. Rodney ne comprenait pas pourquoi j'étais allée à l'hôpital, mais il était content de se retrouver dans ma chambre et de pouvoir rester avec moi. Il ne s'en est d'ailleurs pas privé, mais, comme il me croyait malade, il n'osait pas trop me déranger quand même. De toute façon, j'étais si fatiguée, avec mes règles et toutes les émotions de la journée, que mes yeux se fermaient tout seuls. Je me souviens de l'avoir couché, de l'avoir aidé à s'endormir et d'être tombée comme une masse. Je dormais si profondément que j'ai à peine entendu maman rentrer. Son rire et la voix d'Aaron me parvenaient comme dans un rêve. Il devait être très tard. .

« Le lendemain matin, je me suis réveillée avant Rodney. Je me suis assise dans mon lit et je suis restée un moment sans bouger à repenser aux rêves que j'avais faits. Je ne savais plus trop ce que j'avais imaginé et ce qui s'était réellement passé. Un peu anxieuse – impatiente aussi –, je me suis levée et je suis allée jusqu'à la chambre de maman. La porte était fermée, mais je l'ai ouverte tout doucement et j'ai risqué un œil à l'intérieur. Aaron Marks était dans le lit avec elle. Ils étaient tous les deux nus comme des vers et entortillés l'un à l'autre comme les deux brins de fil de fer d'un goupillon.

« J'ai refermé la porte et j'ai regagné ma chambre en vitesse – je me sentais encore bien trop mal pour avoir envie d'avaler quoi que ce soit ou de sortir pour aller en cours.

« Quand Rodney s'est levé, je l'ai aidé à se préparer, comme d'habitude. Mais il ne voulait pas aller à l'école. J'ai dû le forcer. Il était hors de question qu'il reste à la maison tant qu'Aaron serait là. Quant à moi, je suis restée enfermée dans ma chambre jusqu'à ce que j'entende Aaron partir.

« L'infirmière du collège a appelé pour savoir comment j'allais et je lui ai dit que j'allais mieux, mais que je préférais me reposer un peu. Maman dormait encore. Pourtant, quand je suis allée dans la cuisine me chercher un verre d'eau, elle m'a crié de lui "ramener" une tasse de café.

« Et elle a ajouté : "Tant qu'à rester à la maison, autant qu'tu serves à quelque chose."

« Je lui ai fait son café. Quand je lui ai apporté la tasse, elle a grogné et s'est assise dans son lit en tendant la main en direction de la porte, comme une aveugle. À croire qu'elle avait les paupières trop lourdes pour les soulever. Après avoir pris une première gorgée, elle a cillé deux ou trois fois et puis elle a fini par ouvrir les yeux. Ils étaient si injectés de sang que je pouvais à peine distinguer les prunelles.

« "Ton frère est parti à l'école ?" m'a-t-elle demandé. Ah ! il était bien temps ! C'est à ça qu'elle aurait dû penser en premier, au lieu de me demander son café, non ?

« J'ai acquiescé et j'ai attaqué, franco : "Le bonhomme, là, il était encore avec toi, cette nuit, hein ?"

« Elle a aboyé : "Et alors ? T'as intérêt à t'y habituer, ma fille. J'vais pas m'faire nonne, tout ça passque ton bon à rien d'père m'a plantée là. C'était pas une grand'perte, d'toute façon : y valait pas grand-chose au lit."

« J'ai préféré retourner dans ma chambre : j'en avais assez entendu comme ça. Elle a passé toute la matinée à dormir, et puis elle est allée travailler. Elle est partie plus tôt que d'habitude. Sans doute parce qu'elle avait rendez-vous avec Aaron. Quant à moi, j'ai préparé le goûter pour Rodney et je l'ai aidé à faire ses devoirs, comme tous les jours. De toute façon, il n'y avait plus personne pour s'occuper de lui – ni de moi, d'ailleurs. On était pratiquement seuls au monde, lui et moi, maintenant.

« Quand je suis retournée en cours, le lendemain, contrairement à ce que je croyais, le principal ne m'a pas convoquée. Tout le monde ou presque avait entendu parler de mes exploits de la veille, au collège, et ça faisait jaser. Mais, après quelque temps, ça s'est tassé : les commères ont fini par se désintéresser de cette histoire et, pour moi, ce n'était déjà plus qu'un mauvais rêve.

« Seulement, cet épisode avait coïncidé avec l'arrivée de mes premières règles – c'était un peu comme si j'avais dû en passer par là pour devenir une femme – et, pendant un bon bout de temps, chaque fois que j'avais mes règles, je ne pouvais pas m'empêcher d'y repenser. Sans doute que le réveil systématique de tous ces mauvais souvenirs ne faisait rien pour arranger les choses. En tout cas, c'était un vrai calvaire. Mais n'allez pas croire que ça s'est amélioré après – à la maison, je veux dire. Au contraire, c'était de pis en pis : comme maman m'en avait avertie, Aaron Marks se faisait de plus en plus présent – beaucoup trop, à mon goût, en tout cas. Et plus maman en faisait pour lui, moins elle en faisait pour nous. Vous me direz, pour ce qu'elle en faisait avant...

« J'ai vu des jours où on n'avait même pas de quoi manger et où je devais faire tous les bars du quartier à sa recherche pour qu'elle me donne de l'argent. Elle s'est bien débrouillée pour avoir une ardoise chez l'espagnol du coin, mais, à la deuxième facture impayée, il n'a plus jamais voulu nous faire crédit.

Rodney a été élevé au beurre de cacahuète. Il en mangeait tellement qu'il était une véritable publicité ambulante pour le fabricant.

« Et il grandissait à vue d'œil, en plus : ses chaussures, son pantalon, son blouson… tout devenait trop petit. Mais maman ne semblait pas s'en rendre compte – ou elle s'en moquait comme de l'an quarante. En tout cas, elle ne faisait rien pour régler le problème, et si j'avais la mauvaise idée de lui mettre le doigt dessus, elle repartait au quart de tour avec ses sempiternelles jérémiades : et "Ah là là ! c'que l'coût d'la vie a augmenté !" et "Où qu'est donc ton bon à rien d'père, lui qui sait si bien faire un môme, mais qu'est pas fichu de l'nourrir et d'l'habiller ?" Quand elle avait bu, elle pouvait déblatérer comme ça pendant des heures. Sa voix me poursuivait même dans mes rêves. Ses cris et ses accusations rebondissaient sur les murs comme des balles de tennis, allant et venant sans cesse, encore et encore, jusqu'à ce que je tombe de sommeil, les mains plaquées sur les oreilles ou la tête sous l'oreiller.

« Je me disais que, chez nous, le baromètre était au malheur comme on dit qu'il est au beau fixe. Ah ! pour ça, on était gâtés : du malheur, rien que du malheur, comme s'il en pleuvait ! Un jour que maman remettait ça avec sa rengaine habituelle, je suis carrément allée chercher le parapluie dans le placard et je l'ai ouvert, comme pour m'abriter des torrents de reproches qu'elle me balançait. Ça l'a mise hors d'elle. Elle est devenue folle de rage. Elle a hurlé : "Espèce d'idiote ! Tu vas nous attirer la poisse !"

« J'ai crié aussi fort qu'elle : "Avec celle que tu nous ramènes tous les jours, tu peux parler !" Elle m'a envoyé une poêle à la tête. Heureusement que j'avais le parapluie pour me protéger, sinon je la recevais en pleine figure.

« En voyant ça, Rodney a éclaté en sanglots. Alors, je l'ai pris dans mes bras et j'ai couru m'enfermer dans ma chambre. Elle a continué à brailler un moment, puis elle s'est calmée. Mais, pendant tout le temps qu'elle hurlait, j'ai dû tenir Rodney blotti contre moi, lui caresser les cheveux et le bercer pour le consoler tellement il tremblait. Ça devenait de plus en plus dur pour moi et j'ai réellement cru que j'allais craquer... jusqu'au jour où j'ai trouvé ce truc... un truc pour m'aider à supporter tout ça, un truc qui pouvait empêcher le malheur de pleuvoir.

— Ah ! je serais curieuse d'entendre cela ! s'est exclamée Jade. Quant à moi, j'ai beau tout essayer, rien n'y fait.

— C'est pareil pour moi, a renchéri Cat, de sa petite voix timide. Qu'est-ce que tu as fait pour ne plus avoir mal ?

Misty s'est contentée d'arborer son petit sourire espiègle, comme si elle connaissait déjà la réponse.

— Quand j'étais petite, j'avais une couverture préférée. Un jour, papa l'avait appelée mon « tapis magique » pour me faire rire. Ça m'était resté. Quand j'ai vu le film *Aladin* et que j'ai compris ce qu'il avait voulu dire, ça m'a énormément marquée.

— Parce que tu t'envolais sur ton « tapis magique », peut-être ? a persiflé Jade.

Elle arborait toujours cette même moue arrogante, mais ses beaux yeux verts s'étaient brusquement assombris tant elle était déçue.

— On peut dire ça comme ça.

— Quoi ! a glapi Misty.

Son sourire s'est élargi. Elle s'est tournée vers Jade qui a fait la grimace et levé les yeux au ciel en secouant la tête.

— Oh ! vous pouvez rire ! N'empêche que ça a marché pour moi.

— Qu'est-ce qui a marché pour toi ? s'est impatientée Jade. Tu dis n'importe quoi !

Je lui ai balancé un de ces regards ! Mais, au lieu de m'énerver, j'ai respiré un bon coup et j'ai essayé de lui expliquer :

— J'ai pris ma couverture et je l'ai étendue sur mon lit. Après, je me suis allongée dessus et je me suis roulée en boule, les genoux remontés contre la poitrine – je me sens mieux comme ça…

— Ah ! a soupiré Jade, comme si elle voyait enfin ce que je voulais dire : juste une technique pour soulager les douleurs des règles, en somme.

— … et puis j'ai décollé.

— Décollé ?

— Je me suis vue sortir par la fenêtre et voler au-dessus de la ville. Je suis allée là où j'avais toujours rêvé d'aller, dans tous ces endroits que j'imaginais ou que je voyais à la télévision.

« Je flottais au-dessus des océans, des forêts et des plus grandes villes du monde. Et je voyais vraiment les choses comme si j'étais en altitude : tout me paraissait minuscule. On aurait dit des maquettes ou des modèles réduits. Et ce n'est pas tout : mes voyages duraient longtemps, parce que, quand je me retrouvais sur mon lit, il s'était parfois passé plus d'une heure. C'est dingue ce que je me sentais mieux après ! Oh ! je suppose que tout se passe dans ma tête, en fait, mais ça aide quand même.

« Du coup, dès que j'étais triste ou que maman me poussait à bout, j'allais m'allonger sur ma couverture. Il me suffisait de m'enfermer dans ma chambre, de l'étendre sur mon lit, de m'allonger dessus, de me rouler en boule et de fermer les yeux. Quand j'étais partie comme ça, je n'entendais plus rien : ni les hurlements de maman, ni ses jérémiades à n'en plus finir, ni son rire d'ivrogne, ni les cris de Rodney, rien. Je n'étais plus là pour personne. J'étais tout simplement ailleurs.

« Quand je revenais, je me sentais détendue, plus calme, plus légère. Rodney m'a souvent raconté qu'il m'avait tapé sur l'épaule pour me dire quelque chose, mais que je n'avais pas ouvert les yeux. Il disait qu'il pouvait me secouer de toutes ses forces sans que j'aie la moindre réaction. C'était tellement décourageant qu'il préférait laisser tomber. Un jour qu'il essayait de me réveiller comme ça, au lieu de s'en aller, il est resté assis par terre, à côté de mon lit, et, quand j'ai ouvert les yeux, il m'a raconté qu'il m'avait regardée et que je souriais tout le temps. Il a voulu savoir pourquoi. Je ne savais pas comment le lui expliquer, alors je lui ai juste dit que j'avais fait de beaux rêves.

— C'est ce que c'était, de toute façon, non ? a dit Jade, en se tournant vers la psy. Un rêve. Elle n'est allée nulle part, n'est-ce pas ?

Le Dr Marlowe a semblé hésiter avant de lui répondre. Elle m'a dévisagée en silence, comme si elle se demandait si elle devait m'ôter mes dernières illusions.

— Il se pourrait que cela soit plus qu'un simple rêve, en fait, a-t-elle finalement déclaré. Il pourrait s'agir d'une forme de méditation. Moi aussi, je pratique la méditation, a-t-elle ajouté.

— C'est quoi exactement ? a demandé Misty. Pour moi, rêver ou méditer, c'est un peu la même chose, non ?

— Non. Lorsque nous rêvons, nous demeurons dans un état conscient. Simplement, l'esprit est bombardé d'images que nous ne contrôlons pas. Rêver est une activité psychique que l'on pourrait qualifier d'aléatoire – qui fait la part belle au hasard, si vous préférez. Nous pouvons certes décider de rêver de quelque chose en particulier et nous concentrer sur des images précises avant de nous endormir, mais rien ne dit que nous en rêverons, finalement. Et nous ne pouvons pas le savoir au réveil. La méditation, quant à elle, permet d'atteindre un état de conscience supérieur. Quand on entre en méditation, on décide volontairement de placer son esprit sur un autre plan, à un autre niveau. Ce qui s'est passé pour Star, c'est qu'elle s'est si intensément concentrée sur son désir de quitter l'endroit où elle se trouvait qu'elle a réussi à s'élever à un autre niveau de conscience, le résultat étant qu'elle en a éprouvé un immense soulagement et une détente bienfaisante. Les gens pratiquent généralement la méditation pour se libérer du stress.

— Ne pourrions-nous pas la pratiquer, nous aussi ?

On sentait un tel espoir dans la voix de Jade que c'en devenait presque une supplique.

— Si, bien sûr. Quand chacune d'entre vous aura eu tout loisir de s'exprimer, nous parlerons ensemble des différentes manières dont on peut se relaxer, se libérer des tensions et du stress – dont vous souffrez toutes cruellement. L'une de ces techniques fait appel à la méditation. Je ne prétends pas que ce soit la panacée, mais cela peut vous soulager.

— C'est vrai. Je me suis toujours sentie beaucoup mieux après, ai-je renchéri d'un ton convaincu.

Les autres me dévoraient des yeux avec envie.

— Quelquefois, j'aurais même préféré ne pas revenir du tout.

J'avais presque pensé à haute voix.

Les traits du Dr Marlowe se sont brusquement durcis.

— C'est le risque, a-t-elle murmuré, en me regardant droit dans les yeux. Mais nous sommes là pour veiller à ce que cela ne se produise pas.

Elle s'est tournée vers les autres et elle a ajouté d'une voix forte :

— Ni pour Star, ni pour aucune d'entre vous.

C'était peut-être la façon dont elle avait dit ça, ou la tête que tiraient les autres filles, mais, soudain, j'ai réalisé que tout ça était encore beaucoup plus grave que je ne le croyais. C'était comme si chacune d'entre nous marchait au bord d'un précipice et qu'elle risquait de glisser et de tomber ou de se jeter volontairement dans son propre abîme pour se perdre à jamais dans les profondeurs de ses oubliettes personnelles.

Nous étions toutes plongées dans nos réflexions, songeant probablement au danger qui nous menaçait, et l'atmosphère, dans le cabinet, était soudain devenue étrangement lourde. Je ne savais rien encore de la vie de Jade et de Cat, mais mon regard allait de l'une à l'autre et ne rencontrait qu'une seule et même terreur au fond de leurs prunelles. La psy aussi était inquiète. Et, tout à coup, je me suis souvenue de ce que m'avait dit mamie en me déposant le matin même : « Tu es trop jeune pour jouer les causes perdues, t'entends ? »

J'entends, mamie. J'entends.

Elles étaient toutes impatientes de connaître la suite – ça se voyait –, alors j'ai respiré à fond et j'ai enchaîné :

— J'ai dressé l'oreille quand tu as commencé à parler de la petite amie de ton père, hier, Misty, et j'ai fait très attention à ce que tu disais, quand tu nous as expliqué ce que tu ressentais quand tu allais dans son appartement et qu'elle était là. Enfin, toi, au moins, tu avais le choix : tu pouvais décider d'y aller ou pas...

« J'avais environ quinze ans lorsqu'un après-midi, en rentrant de l'école avec Rodney, j'ai vu des valises et deux ou trois cartons dans la chambre de maman. Elle n'était pas là. Rodney m'a regardée et j'ai d'abord pensé : *Peut-être que c'est papa ? Peut-être qu'il est enfin revenu ?*

« Rodney ne pouvait pas se souvenir de lui. Moi si, forcément. Je ne compte même plus les fois où je suis venue ici et où j'ai parlé de lui, de ce que j'éprouvais pour lui. Je suppose que je devrais vous en parler aussi, d'ailleurs.

« Je vous ai déjà dit que j'espérais toujours le voir revenir et que, quand le téléphone sonnait, je croyais toujours que c'était lui qui était au bout du fil pour annoncer à maman qu'il arrivait.

« On a toutes plus ou moins parlé de haine, ici ; moi sans doute plus que tout le monde – quoique, Jade et Cat me battront peut-être, quand leur tour viendra. En tout cas, ma mamie n'a pas tort quand elle dit que la haine est une arme à double tranchant : vous vous en servez contre quelqu'un, mais ça se retourne contre vous. C'est ce que disait le curé, à l'église, un dimanche que je suis allée à la messe avec mamie. Je la voyais qui me lançait des coups d'œil en biais pendant qu'il nous encourageait à “chasser la haine de notre cœur avant qu'elle n'empoisonne tout ce qu'il y a de bon en nous”.

« S'il y a bien une chose que je ne pardonnerai jamais à mon père, c'est de nous avoir abandonnés. Rien n'aurait pu lui valoir, de ma part, une haine plus implacable et rien ne m'a fait davantage souffrir que cette atroce sensation de manque que j'ai éprouvée quand il est parti. Quand j'étais petite et qu'il nous arrivait encore de passer de bons moments ensemble, je me souviens qu'il me portait sur ses épaules. Je me souviens que je me pendais à son bras et de l'impression de force que je ressentais quand il serrait ma petite main dans la sienne. Je me souviens que je n'avais jamais peur, quand il était près de moi. Je me souviens que, pour moi, tant que papa était là, il ne pouvait rien m'arriver.

« Après son départ, quand on allait quelque part, maman, Rodney et moi, je sentais toujours cette place vide à côté de nous. Parfois, j'oubliais : je croyais que papa s'était juste éloigné un moment, qu'il allait revenir, que, d'une minute à l'autre, il serait de nouveau là, près de moi. Ça ne le faisait pas revenir, bien sûr, mais ça ne m'empêchait pas de le chercher des yeux, ni de penser à lui.

« Maman est un sacré petit bout de femme, dans son genre. Je n'en connais pas beaucoup qui iraient volontairement se frotter à elle – pas plus des hommes que des femmes, d'ailleurs. C'est une vraie panthère, quand elle s'y met. Alors, je n'avais pas vraiment de raisons d'avoir peur – physiquement, du moins. Non, c'est juste que j'avais une sensation de manque, comme si... comme si on m'avait arraché une partie de moi, si ça peut vous dire quelque chose.

Apparemment, Misty avait parfaitement compris. Elle semblait aussi se sentir plus concernée que les deux autres. Jade avait détourné les yeux et Cat admirait toujours le plancher.

— Ce que je veux dire, c'est que ça ne m'a pas rassurée d'avoir un autre homme à la maison. Pour autant que ça ait changé quoi que ce soit, je ne m'en suis pas sentie mieux ou plus en sécurité. Ça aurait plutôt été le contraire.

« Mais c'est ce que ces valises et ces cartons signifiaient : Aaron Marks s'installait chez nous. Je pouvais déjà sentir sa présence rien qu'à l'odeur.

« Rodney m'a demandé, en montrant les valises du doigt : "C'est à qui ? Est-ce qu'on s'en va, Star ? Est-ce que m'man a préparé nos bagages ?"

« Je lui ai répondu que, non, on n'allait nulle part, et j'ai ajouté entre haut et bas : "On est coincés ici."

« Environ deux heures plus tard, j'étais en train de faire de la purée pour Rodney, quand la porte s'est ouverte. Maman et Aaron sont entrés, en riant comme des baleines. Maman portait ses habits du dimanche et Aaron était en complet. Il avait ouvert son col et sa cravate était de travers. Aaron n'était pas tout à fait aussi grand que mon père et il était beaucoup plus large, avec une petite bedaine. Sa tête était moins allongée, plus ronde et il avait moins de cheveux : son front était beaucoup plus dégarni. Ses yeux paraissaient plus grands à cause de ça – du moins c'est l'impression que j'avais. Il avait une bosse sur le nez : un petit souvenir de fractures à répétition. Il avait voulu faire carrière dans la boxe, quand il était plus jeune, mais il avait fini comme tous ces *sparring partners* qui se retrouvent avec un punching-ball à la place de la tête et qui passent leur temps à prendre des coups ; ce qui expliquait sans doute pourquoi il avait toujours cet air bête et ce regard vitreux. Enfin, ça, ça n'engage que moi.

« De toute façon, comme vous avez pu le remarquer, je n'ai jamais eu beaucoup de sympathie pour Aaron Marks. Je n'ai jamais pu comprendre ce que maman lui trouvait. Comme je le lui disais un jour, elle a éclaté de rire et elle m'a répondu : "Quand tu commenceras à savoir c'que c'est, tu comprendras c'qui compte vraiment chez un homme."

« Je n'étais pas née de la dernière pluie. J'ai parfaitement compris qu'elle parlait de sexe.

« Enfin bref, j'étais donc plantée là, à les regarder tous les deux. Rien que de les voir hilares, avec ce sourire idiot jusqu'aux oreilles, ça m'a fait froid dans le dos. J'ai cru que mon sang se figeait dans mes veines. J'ai attrapé Rodney par les épaules. Il s'est blotti contre ma jambe.

« "Ah ! la voilà ! ma p'tite cuisinière préférée, s'est écriée maman. Enfin, not'p'tite cuisinière, maint'nant.

« — Qu'est-ce que tu racontes, m'man ? je lui ai demandé, en fronçant les sourcils. Qu'est-ce que c'est que cette histoire ?"

« Aaron a éclaté de rire et il est allé ouvrir le placard, sous l'évier, là où maman stockait sa vodka, son gin et son whisky. Il a pris une bouteille de whisky et il a dit que "c'était le moment de fêter ça".

« "Tu l'as dit !" s'est exclamée maman.

« Je les ai regardés se servir, trinquer et vider leurs verres d'un trait. Rodney ne savait pas vraiment ce qu'était l'alcool, mais il en détestait l'odeur et il avait parfaitement compris que, quand maman en buvait, elle devenait généralement désagréable et même souvent dangereuse. Alors, il s'est aussitôt agrippé à moi.

« “Qu’est-ce que tu célèbres, m’man ?” je lui ai encore demandé.

« Ils se sont regardés tous les deux et ils se sont esclaffés, comme si je venais de poser la question la plus bête qu’on puisse imaginer.

« J’ai insisté : “Hein, m’man ?”

« Elle a fini par me répondre : “Passque moi et Aaron, on vient d’se marier, tiens !”

« J’ai fait la grimace et j’ai secoué la tête.

« “Tu ne peux pas épouser Aaron, m’man, je lui ai dit. Tu es déjà mariée.”

« Son sourire s’est aussitôt évanoui et elle a posé son verre, en le claquant sur le bord de l’évier, si fort que c’est un miracle qu’il n’ait pas éclaté.

« “Un beau jour, un type sort d’ici et n’donne plus jamais d’nouvelles, a-t-elle craché, en montrant la porte. On l’revoit jamais. Pas un coup d’fil, pas une lettre. Y file avec une autre et j’serais toujours mariée à c’t’homme-là ? Oh ! non, ma p’tite dame, sûrement pas !”

« Je lui ai rétorqué qu’elle “devait quand même bien passer au tribunal d’abord, non ?”.

« “Le tribunal, ça veut dire des avocats et les avocats, c’est rien qu’des escrocs qui vissent une plaque sur leur porte, m’a-t-elle répondu. J’en ai parlé avec Aaron et j’ai déclaré, solennellement – sur l’honneur et tout, j’veux dire, a-t-elle ajouté, en se redressant et en essayant de se tenir aussi droite que possible – qu’j’suis plus la femme à Kenny Fisher. J’ai juré ça c’t’après-midi, et pis, après, on est allé voir l’pasteur Longstreet, à South Central, et y nous a mariés tout bien com’y faut, avec une Bible et tout. J’ai même une alliance.”

« Elle a tendu la main vers moi, en se rengorgeant.

« Elle ne payait pas de mine, sa bague, mais je n’ai pas fait de commentaires. N’empêche, ce n’était pas un malheureux bout de plaqué qui allait me convaincre.

« “Mais est-ce que tu ne dois pas signer des papiers à la mairie et tout ça ?”

« C’est la goutte qui a fait déborder le vase – comme dirait mamie.

« Elle a explosé : “C’est pas bientôt fini toutes ces questions, non ?” Et puis elle a ajouté, d’un ton sans réplique : “Allez, dis bonjour à ton nouveau papa.”

« Je leur ai tourné le dos et je me suis remise à écraser mes pommes de terre.

« Elle a hurlé : “Star ! T’entends c’que j’te dis ? T’as intérêt à respecter ton père, sinon ça va barder !”

« J’ai grogné : “D’abord, c’est pas mon père.”

« “Quoi ? Qu’est-ce t’as dit là ?”

« Elle m’aurait sauté à la gorge, si Aaron ne l’avait pas retenue.

« “Attends, Aretha ! On va tout d’même pas commencer la castagne le soir de not’mariage ! Just’avant not’nuit d’noces, hein ?” lui a-t-il susurré d’un air salace.

« Elle a cessé de se débattre ; elle lui a souri et elle lui a répondu qu’il avait bien raison. Et puis elle m’a lancé un regard noir, en disant : “On r’parlera d’ça plus tard. Aaron et moi, on sort dîner au restaurant pour not’repas d’mariage. J’étais juste venue m’arranger un peu.” Et elle s’est dirigée vers la salle de bains.

« J’ai continué à préparer le dîner sans que Rodney me lâche d’une semelle. Il se raccrochait à moi comme à une bouée de sauvetage. C’est plutôt moi, pourtant, qui en aurais eu besoin, d’une bouée de sauvetage : j’avais du mal à respirer et je me sentais entraînée dans un tourbillon qui m’emportait vers le fond, comme si j’allais me noyer. Tout était allé si vite.

« C’est à ce moment-là que j’ai entendu Aaron dire : “C’t’une vraie mauviette, c’gosse, à s’cramponner à tes jupes com’ ça.” J’ai vu rouge.

« J’ai fait volte-face et je l’ai fusillé du regard, avec autant de froideur que j’en étais capable.

« “Quand il sera grand, il en vaudra au moins deux comme vous, je lui ai répondu. Et ça ne devrait pas être bien difficile, d’ailleurs.”

« Il m’a dévisagée un moment en silence. J’ai vu la fureur flamboyer dans son regard. Mais il a brusquement détourné les yeux, comme s’il savait qu’il risquait de perdre son sang-froid, et il a éclaté de rire. Son rire sonnait faux, ce genre de ricanements un peu trop forts qui servent à masquer une gêne dont on ne parvient pas à se débarrasser.

« Mais je n'ai pas baissé les yeux pour autant et il a pointé sur moi son gros doigt boudiné.

« "Ta mère a raison, m'a-t-il dit. Y a des baffes qui s'perdent avec des p'tites effrontées dans ton genre. Mais tu perds rien pour attendre." Et il est allé dans la chambre défaire ses bagages.

Je me suis tue et j'ai regardé les autres filles. Elles avaient parfaitement compris combien ces moments-là avaient été pénibles pour mon petit frère et pour moi. Ça se voyait dans leurs yeux sans que j'aie besoin de le leur demander. C'est pourtant ce que j'ai fait :

— Qu'est-ce que vous diriez, vous, si ça vous arrivait ?

Le visage du Dr Marlowe s'est brusquement éclairé. Elle observait mes trois petites camarades, avec des étincelles de curiosité dans les prunelles, attendant, avec impatience, de voir leur réaction.

— Ils décident pour nous et bouleversent notre vie comme si nous n'étions que de simples décorations que l'on dispose à son gré sur un sapin de Noël, s'est indignée Jade, le regard assombri par ses mornes pensées.

— Mon père ne m'avait même pas dit qu'il sortait avec une autre, s'est insurgée Misty. Alors vous vous doutez bien qu'il n'allait pas me demander mon avis !

Cat gardait le silence, mais une peur glacée dilatait ses pupilles et je me suis encore une fois demandé ce qu'elle avait bien pu vivre de si effrayant qui l'avait privée de parole et avait même réussi à lui voler son sourire.

J'ai pensé que ce silence devait l'embarrasser et j'ai continué :

— Enfin, en tout cas, menaces ou pas, ni maman ni Aaron ne sont revenus à la charge, cette nuit-là. Ils sont allés fêter leur mariage bidon au restaurant et sont rentrés très tard. Leur porte était fermée, quand je me suis levée, le lendemain matin. J'ai réveillé Rodney ; on a pris notre petit déjeuner et on est partis sans les avoir vus – ce qui m'arrangeait bien.

« Aaron était censé travailler dans une casse auto, mais j'ai toujours pensé qu'il traficotait quelque chose à côté, quelque chose de pas très catholique. À partir du moment où il s'est installé à la maison, le téléphone n'a pas cessé de sonner, à toute heure du jour et de la nuit. Et c'était toujours pour lui. En plus, il faisait exprès de parler tout bas pour qu'on n'entende pas ce qu'il disait.

« Dès le début, sa présence m'a gênée : je ne me sentais pas bien, quand il était dans l'appartement, et c'était encore pis quand maman n'était pas là. La plupart du temps, il sortait et on ne le revoyait pas de la journée, ou alors il était avec maman chez Bill. Mais, quand il restait, ça nous rendait nerveux, mon petit frère et moi. Rodney préférait encore lui abandonner le terrain et se terrer dans ma chambre. Ce n'était pas très grand chez nous – l'appart tout entier aurait presque pu tenir dans cette pièce –, et on n'avait qu'une seule salle de bains pour nous quatre. Ce n'était pas toujours facile.

« Mais je tiens à préciser tout de suite qu'il ne s'est jamais montré entreprenant avec moi. Je sais que c'est la première chose à laquelle tout le monde penserait, vu les circonstances, mais c'est vrai : il n'a jamais essayé quoi que ce soit. Et il avait de bonnes raisons pour ça. Il s'est même donné la peine de me l'expliquer, un jour.

— Je suis curieuse d'entendre cela ! s'est exclamée Jade.

— Je m'en serais doutée, lui ai-je répondu, avec un petit sourire en coin.

— Ce qui signifie ?

On s'est fusillées du regard un bon moment, et puis elle a souri et j'ai secoué la tête en riant. Complètement désarçonnée, Cat s'est tournée vers Misty avec un air ahuri.

— Peut-être qu'après notre passage dans votre cabinet, vous devrez revoir la définition du mot « fou », docteur Marlowe, – ou « folle », en l'occurrence, a plaisanté Misty.

La psy a éclaté de rire.

— Il n'y a qu'un seul contexte dans lequel j'approuve l'emploi de ce terme, et c'est dans la chanson de Patsy Cline, lui a-t-elle répondu.

— Patsy Cline ? C'est qui ça ?

Misty nous a interrogées du regard l'une après l'autre.

— C'est – ou c'était – une chanteuse de country, non ? a hasardé Jade.

— Oui.

Au « Ah ! » hyper inspiré qu'a poussé Misty, on sentait tout de suite qu'elle se passionnait pour ce genre de musique.

— Il n'y a pas que le rap ou la techno, figurez-vous, mesdemoiselles, a raillé la psy, en voyant nos mines blasées.

— Je sais qui c'est, moi, a soudain soufflé Cat. Mon père écoutait ses disques à la maison. Mais maman a jeté toutes ses affaires après son départ, exactement comme la mère de Misty, sauf que la mienne, elle s'est même débarrassée des draps, des couvertures, de son oreiller et du matelas.

Personne n'a bronché. Il régnait un tel silence dans la pièce qu'on a pu entendre des pas dans l'entrée, une porte se fermer et l'aspirateur se mettre en marche.

— Alors, allons-nous en apprendre un peu plus sur le fameux Aaron Marks, oui ou non ? s'est impatientée Jade.

— Oh ! Il y a nettement plus intéressant comme sujet de conversation, lui ai-je répondu. Mais, OK, je vais vous en dire plus sur Aaron.

« Je vais même tout vous raconter.

5

— Environ deux mois plus tard, il devait être dans les six ou sept heures – je venais de faire dîner Rodney –, quand j'ai décidé de prendre un bain. J'avais mon baladeur CD et j'écoutais une compil', les écouteurs enfoncés dans les oreilles. Alors, forcément, quand Aaron est rentré, je n'ai rien entendu. Il était pressé : il n'avait pas mis les pieds dans l'appartement qu'il débarquait dans la salle de bains.

— Tu n'avais pas verrouillé la porte ? s'est écriée Jade, d'un ton incrédule.

— Le verrou était cassé depuis belle lurette et personne ne s'était donné la peine de le réparer.

J'allais enchaîner quand j'ai remarqué l'étrange comportement de Cat : elle se tordait la main gauche avec une telle brutalité que je me demandais comment elle pouvait ne pas se faire mal. En l'examinant de plus près, j'ai vu ses jambes trembler. Tout juste si ses genoux ne s'entrechoquaient pas.

J'ai lancé un coup d'œil à la psy. Elle observait Cat avec encore plus d'attention que moi. Tout à coup, elle s'est penchée et lui a pris la main.

— Tout va bien, Cathy, lui a-t-elle dit à voix basse. C'est l'histoire de Star que nous sommes en train d'écouter, maintenant.

Cat a levé les yeux vers elle. Une sorte d'apaisement a peu à peu chassé son regard de bête aux abois et son tremblement s'est progressivement calmé.

— Ça va ? lui a chuchoté la psy.

Cat a hoché la tête. La psy lui a souri, en lui tapotant la main, puis elle s'est redressée et s'est tournée vers nous pour nous prier d'excuser cette interruption. Comme j'hésitais toujours à reprendre la parole, elle a ajouté :

— Tout le monde va très bien, Star. Continue.

J'ai vaguement marmonné :

— Ce n'est pas si dramatique que ça. Y a vraiment pas de quoi se mettre dans des états pareils, franchement.

— Ce sera à nous d'en juger, m'a objecté Jade. Ce qui est grave pour toi, et ce qui l'est pour moi, ne sont pas nécessairement la même chose.

— Et qui dit que tu as raison ?

— Personne. Ce n'est pas nécessairement la même chose, c'est tout. Mais ce n'est pas la peine de me sauter à la gorge chaque fois que j'ouvre la bouche.

— Eh bien, tu n'as qu'à pas me juger. Je me fiche de ton jugement !

— Ce n'est pas ce que j'ai voulu dire. Je ne parlais pas au sens premier du terme. Si tu n'étais pas si susceptible...

— Mesdemoiselles !

La psy est intervenue avant que j'aie eu le temps de répondre et elle m'a lancé un regard propre à m'en dissuader. Je me suis enfoncée dans les coussins du canapé, sans quitter Jade des yeux. Elle a détourné les siens et croisé les jambes. Alors, j'ai repris mon récit :

— J'ai juste vu la porte de la salle de bains s'ouvrir et j'ai poussé un hurlement en voyant Aaron entrer. Mais il a fait comme si je n'étais pas là. Il s'est dirigé vers le lavabo, et puis il a ouvert l'armoire de toilette et il a pris son rasoir et sa bombe de crème à raser. Complètement paniquée, j'ai mis quelques secondes avant de réussir à recouvrer ma voix.

« "Fichez le camp d'ici ! je lui ai crié, en arrachant mes écouteurs. Fichez le camp tout de suite ! Je prends mon bain !

« — Faut qu'je me rase vit'fait, m'a-t-il répondu, en se regardant dans la glace. J'ai rendez-vous avec ta mère dans dix minutes. On a eu des places pour le combat poids lourds, mais on n'a pas intérêt à être en r'tard, sinon y nous les font sauter. Et c'est des sacrées places !"

« J'ai répété : "Ça m'est égal ! Je prends mon bain", en faisant de mon mieux pour me couvrir. "Vous n'avez rien à faire ici. Fichez le camp ! Dehors !"

« C'est alors qu'il m'a regardée.

« "J'en ai qu'pour cinq minutes et, d'toute façon, tu m'intéresses pas, alors t'as pas d'bile à t'faire. Je touche pas aux pucelles, moi", m'a-t-il expliqué, sur un tel ton qu'on aurait pu croire qu'il s'en vantait.

— Comment ?

Ah ! La pimbêche se réveillait. Elle avait presque bondi pour se tourner vers moi.

— Il t'a dit qu'il ne toucherait pas une fille vierge ?

— C'est ce qu'il a dit. Et puis il a commencé à se raser, tout en continuant à parler, ajoutant que les pucelles faisaient bien trop d'histoires et qu'il préférait une femme « qui avait déjà été débourrée comme un bon cheval de monte ». Texto ! Et il a même ri tout seul de sa bonne blague.

« Pendant ce temps-là, je m'étais ratatinée dans l'eau. Je crois que si j'avais pu me glisser par le trou de la baignoire, je l'aurais fait. Mais il ne me prêtait pas la moindre attention. Il était bien trop accaparé par sa petite personne. Dès qu'il a eu fini de se raser, il est ressorti en trombe.

« Mon cœur battait à tout rompre et je l'avais franchement mauvaise. Après avoir mis son complet et sa cravate, il est revenu. Je venais de sortir de la baignoire quand il a déboulé. Je me suis enroulée dans la serviette que j'avais prise pour me sécher, mais, avant que j'aie pu ouvrir la bouche, il a attrapé sa brosse à cheveux, s'est coiffé, puis s'est tourné vers moi pour me demander – il a eu le culot de me demander ! – comment je le trouvais. "Nul !" Voilà ce que je lui ai répondu. J'aurais pu tout aussi bien lui cracher à la figure.

« Il est resté planté là, à se mordiller la lèvre comme un idiot, et puis il a eu ce petit hochement de tête, genre salut militaire, et il est parti. Dans la minute qui suivait, je réparais le verrou – non pas que ça aurait pu servir à grand-chose s'il s'était mis en tête d'entrer, mais bon, c'était mieux que rien.

— Tu l'as dit à ta mère ? m'a demandé Misty.

— Non. Elle n'est pas rentrée avant l'aube et, même si je m'étais levée pour tout lui raconter, elle n'aurait pas été en état de m'écouter, de toute façon.

« Et puis, de quoi je serais allée me plaindre, franchement ? C'est vrai qu'il était pressé, non ? Ça n'aurait pas été plutôt moi qui me prélassais dans la baignoire et qui traînassais au lieu de faire mes devoirs, hein ? Non, elle aurait préféré m'accuser de n'importe quoi, mais elle l'aurait défendu. Même s'il s'était vraiment passé quelque chose, j'aurais pu lui prouver tout ce que j'aurais voulu, elle lui aurait encore trouvé des excuses. J'ai senti ça dès le départ.

— Moi qui croyais qu'une mère défendrait toujours ses enfants quoi qu'il advienne ! a soupiré Misty.

Elle avait l'air écœurée.

Jade a lâché un « humpf ! » dédaigneux et Cathy a secoué la tête, en murmurant dans un souffle :

— Non, pas quoi qu'il advienne.

J'avais déjà embrayé :

— Maman ne voulait pas nous avoir, à la base, de toute façon. Et elle ne s'en est d'ailleurs jamais cachée, bien au contraire. Alors...

— Mais que faisait donc ta grand-mère pendant que vous deviez supporter cette abominable promiscuité ? s'est indignée Jade, d'une voix frémissante. Comment pouvait-elle vous laisser vivre avec un tel monstre installé à demeure sous votre toit ?

— Oh ! Elle n'aurait pas hésité une seule seconde à venir nous chercher, si j'avais pu lui raconter toute l'histoire. Mais, le problème, c'est que je n'en ai pas eu l'occasion avant un bon bout de temps.

— Pourquoi ? s'est étonnée Misty. Tu n'avais qu'à lui téléphoner.

— Parce qu'à peu près un mois avant qu'Aaron n'emménage chez nous, mamie a fait une crise cardiaque. (Les larmes me sont montées aux yeux.) Je ne le savais même pas. Je ne l'ai appris que deux jours après. Maman s'était bien gardée de me le dire. Elle devait se douter que j'aurais voulu aller immédiatement à l'hôpital la voir et, comme elle n'aurait pas été d'accord, ça aurait encore fait des histoires. Alors, elle avait préféré étouffer l'affaire. Quand je pense qu'elle est allée travailler chez Bill comme si de rien n'était, le soir même où on a emmené mamie aux urgences ! Ça aussi, je l'ai appris plus tard. Elle ne s'en est pas vantée, tiens !

« Une amie de mamie a eu la bonne idée de venir lui rendre visite quelques minutes à peine après son attaque. Elle l'a trouvée assise par terre, au pied du canapé, la main crispée sur la poitrine, les yeux fermés, à bout de souffle.

« Elle a eu assez de présence d'esprit pour faire le 9-1-1 et pour essayer de rassurer mamie en attendant l'arrivée des secours. Mais mamie était calme. Elle ne pouvait presque pas respirer, mais elle restait calme. Je n'ai jamais vu quelqu'un d'aussi tranquille face à l'idée de sa propre mort. Faut dire qu'elle croit dur comme fer au paradis éternel.

— Et toi ?

À la manière dont Misty me regardait, on aurait cru qu'elle était pendue à mes lèvres, comme si je détenais la vérité et qu'elle allait avoir la révélation du siècle.

— On nous fait croire qu'après tout sera merveilleux. Admettons, lui ai-je dit. Mais, si les choses se passent si bien, après, pourquoi elles ne se passeraient pas tout aussi bien, avant ? Déjà, vu comment elles se sont passées pour moi, jusqu'à maintenant... Personne ne s'est jamais occupé de moi, dans cette vie. Alors, je ne vois pas pourquoi on s'occuperait de moi, dans l'autre.

Comme Misty hochait lentement la tête d'un air absorbé, j'ai ajouté :

— Il faudra toujours qu'on se débrouille toutes seules, nous, de toute façon. Sans doute autant après qu'avant.

— Ma mère dit que notre vie tout entière n'est qu'un test.

À la façon dont Cat avait débité ça, on aurait dit qu'elle confessait un péché inavouable.

— Ah ouais ? Eh bien, autant tricher pour être admise tout de suite, alors ! Et tant pis pour le suspens !

Jade s'est esclaffée, tandis qu'un petit sourire nostalgique venait éclairer le visage songeur de Misty. Elle avait l'air ailleurs.

— Enfin bref. Si j'ai appris pour mamie, c'est parce que l'hôpital a appelé maman pendant qu'elle était à son travail. Mamie avait besoin de ses affaires et elle avait demandé à l'infirmière de contacter sa fille. J'ai eu l'air malin, tiens ! quand j'ai dit que je n'étais même pas au courant ! J'étais vexée ; mais, surtout, j'étais en colère.

« Je n'avais pas raccroché que je filais dans la chambre de maman pour fouiller dans ses tiroirs, jusqu'à ce que je trouve où elle cachait son argent. C'était l'heure du goûter, mais j'ai attrapé Rodney par la main, je l'ai traîné jusqu'à la station de taxi la plus proche et j'ai demandé au chauffeur de nous conduire à l'hôpital. Quand on est arrivés là-bas, j'ai acheté à Rodney un paquet de bonbons pour qu'il me fiche la paix le temps que je me renseigne, et puis on est montés à l'étage qu'on m'avait indiqué pour aller dans ce qu'ils appelaient le "Service des Soins Intensifs de Cardiologie". J'avais peur qu'ils ne me laissent pas la voir, mais, quand j'ai expliqué à l'infirmière que j'étais la petite-fille de Mrs Anthony, elle a hoché la tête et elle a même grommelé : "C'est pas trop tôt ! Il était grand temps qu'elle ait de la visite, cette pauvre dame !"

« J'ai fondu en larmes et j'ai bredouillé que je venais juste d'apprendre pour ma mamie, que ma mère ne m'avait rien dit. Le regard noir de l'infirmière s'est adouci et elle m'a tout de suite emmenée auprès de mamie. En chemin, elle m'a annoncé que mamie allait très bien, que les docteurs avaient jugé que son muscle cardiaque n'était pas en trop piteux état, mais qu'elle souffrirait sans doute de ce qu'ils appelaient une "angine de poitrine". Elle m'a dit que ça se soignait très bien. Elle était sans doute soulagée d'avoir enfin quelqu'un à qui parler de sa malade, quelqu'un qui se sentait vraiment concerné et qui l'écoutait attentivement.

« Mamie a été très surprise de me voir, surprise mais contente. Quand je lui ai dit que maman ne m'avait pas avertie, elle s'est contentée de pincer les lèvres en secouant la tête et elle a murmuré doucement : "Bah ! c'est pas bien grave. Elle n'a sans doute pas voulu t'inquiéter pour rien."

« Elle pardonnerait à Judas !
— À qui ça ? a demandé Misty.
— À Judas. Tu sais, celui qui a trahi Jésus.
— Ah !
— Tu n'as pas l'air d'être souvent allée au catéchisme, toi !
— Tu parles ! Les seules prières que j'aie jamais entendues, c'était plutôt du style : « Mon Dieu, faites que ce ne soit pas un cheveu blanc ! »
Jade a éclaté de rire en même temps que moi, mais Cat ouvrait des yeux comme des soucoupes. Elle s'est pourtant laissé gagner par notre bonne humeur et, miracle ! elle nous a offert un beau sourire fendu jusqu'aux oreilles.
— Enfin bref. Je suis restée aussi longtemps que j'ai pu, et puis j'ai emmené Rodney à la cafétéria de l'hôpital et j'ai acheté deux sandwichs avec l'argent que j'avais trouvé dans le tiroir de maman. Et, après, eh bien... je lui ai rendu la monnaie de sa pièce.
— C'est-à-dire ?
Cette Jade ! elle ne pouvait donc pas me lâcher cinq minutes !
— C'est-à-dire que je ne lui ai parlé de rien. J'ai pris un taxi avec Rodney pour rentrer ; on a fait nos devoirs, on a regardé un peu la télé, et puis on s'est couchés. J'ai bien entendu maman rentrer, mais je ne me suis pas levée pour lui raconter. Le lendemain matin, elle dormait encore quand on s'est levés. J'ai préparé le petit déjeuner et, quand on a été tous les deux prêts pour aller en cours, je suis partie sans lui avoir décroché un mot.
« Elle était à la maison, quand on est rentrés, mais je n'ai rien dit non plus. Je savais qu'elle n'avait pas appelé l'hôpital parce que, sinon, elle aurait été au courant : mamie aurait sûrement vendu la mèche.
« Maman n'en a rien su jusqu'à ce qu'elle prenne enfin des nouvelles de mamie, deux jours plus tard. Mamie avait été transférée dans un autre service entre-temps, mais elle était toujours en observation. Je le savais : j'avais appelé. Quand je suis rentrée avec Rodney, j'ai trouvé maman bizarre : elle avait l'air contrariée, mais, en même temps, un peu gênée. C'était comme si elle n'arrivait pas

à comprendre ce qui s'était passé: est-ce qu'elle m'en avait parlé ou pas, finalement? Je voyais l'incertitude danser dans ses yeux.

« C'est là qu'elle m'a demandé: "Pourquoi tu m'as pas dit que t'étais allée voir mamie à l'hôpital? Tu m'as fait passer pour une imbécile!"

« Je lui ai répondu qu'elle n'avait pas besoin de moi pour ça et je me suis pris une baffe monumentale.

« "J't'interdis d'me répondre sur ce ton!" a-t-elle hurlé, en me giflant à toute volée.

« J'avais beau pleurer comme une Madeleine, j'ai attaqué bille en tête: "Pourquoi tu ne m'as pas avertie pour mamie? Les infirmières croyaient qu'elle n'avait plus personne pour s'occuper d'elle. Tu n'as même pas appelé pour savoir comment elle allait."

« Elle s'est remise à brailler: "Mais de quoi j'me mêle, à la fin? Tout l'monde fourre son nez dans mes affaires, merde! J't'ai rien dit passque j'savais qu'tu r'commencerais à m'bassiner, qu't'en f'rais tout un fromage et qu'ça f'rait qu'empirer les choses."

« Elle s'est tue pour réfléchir un moment, et puis elle m'a demandé d'un ton soupçonneux: "Comment qu't'as fait pour y aller? Où qu't'as trouvé l'argent pour le taxi?"

« Comme je ne lui répondais pas, elle s'est précipitée dans sa chambre pour ouvrir le tiroir où elle cachait ses économies.

« "Tu m'as volée! s'est-elle étranglée. T'es v'nue fouiller et tu m'as pris ma cagnotte que j'gardais pour les mauvais jours!

« — Ce n'était pas là pour les mauvais jours, m'man, je lui ai rétorqué. Parce que ça fait un moment qu'on est en plein dedans et tu n'y as jamais touché, sauf pour t'acheter ta vodka ou ton whisky."

« Elle en est restée bouche bée. Elle a quand même pointé le doigt sur moi, prête à me menacer de je ne sais quoi encore, mais son attention a été attirée par Rodney qui la regardait avec des yeux emplis de terreur. Ça l'a un peu calmée et elle s'est contentée de secouer la tête en se lamentant: "Tu veux qu'j'te dise? Toi et ton frère, vous êtes ma croix, la v'là la vérité. J'vous ai faits. Ben, v'là ma récompense. Faut que j'paye, maint'nant.

« — Et nous, m'man, qu'est-ce qu'on devrait dire ? je lui ai répondu, en larmes. On ne va pourtant pas boire, ni provoquer de bagarres au Bill Le Borgne Bar, nous. Et ce n'est pas moi qui ramène un homme dans mon lit. Et regarde comment on est punis, pourtant.

« — T'as toujours réponse à tout, hein ? C'est plus fort que toi, faut qu'tu la ramènes, a-t-elle grommelé, en secouant la tête d'un air dégoûté. D'accord, t'as même pas pitié d'ta pauv'malheureuse mère, plaquée avec deux gosses à nourrir sur les bras. J'espère seulement qu'un truc com' ça t'arrivera pas un jour. Passqu'alors tu r'gretteras c'que tu m'as dit." Elle a recommencé à pleurnicher: "J'fais c'que j'peux avec c'que j'ai."

« Elle s'est assise et elle a éclaté en sanglots en tendant les bras vers Rodney. Le pauvre gosse pleurait déjà, mais, en la voyant larmoyer, il s'était mis à trembler de partout. Il s'est jeté contre elle et elle s'est raccrochée à lui, l'inondant de larmes, comme si c'était elle la victime et moi la méchante. Si bien qu'à force, j'ai fini par lui dire que je regrettais ce que j'avais dit. Alors, elle a gémi, entre deux sanglots, qu'elle aurait tellement "voulu faire mieux pour sa pauv'vieille mère malade", mais qu'elle était "au bout du rouleau" et que je "devrais comprendre".

« Je n'ai pas insisté. Cinq ou six jours plus tard, mamie rentrait chez elle. On est allés la voir. Elle semblait aller plutôt bien. De toute façon, maman a passé tout le temps qu'on était là-bas à se lamenter sur ses problèmes, alors, même si ça avait été dans sa nature de se plaindre, mamie n'aurait pas pu en placer une.

« Je lui demandais de ses nouvelles aussi souvent que possible, et je prenais le bus pour aller la voir dès que je le pouvais. Et puis, comme je vous l'ai expliqué, Aaron s'est installé chez nous et la vie à la maison a été complètement chamboulée. C'est devenu encore pis qu'avant.

« Parce que, avant que papa s'en aille, maman s'occupait un peu de nous quand même : elle faisait la cuisine ou elle allait faire les courses, de temps en temps. Quelquefois, quand elle avait le vin triste, elle se mettait à sangloter en serrant Rodney contre elle, comme si elle avait vraiment pitié de nous. C'est peut-être les seules fois où elle lui a montré un peu d'affection, d'ailleurs. Moi, j'ai toujours plus ou moins dû me débrouiller toute seule – là n'est pas la question –, mais, lui, il faut croire qu'elle l'aimait un peu tout de même.

« En tout cas, dès qu'elle a commencé à sortir avec Aaron, elle s'est mise à se comporter comme si elle était redevenue célibataire. On aurait dit qu'elle était libre comme l'air. Le moindre truc qu'elle devait faire pour nous était devenu une vraie corvée. En fait, elle aurait voulu pouvoir faire la fête et la grasse mat' tous les jours.

« Enfin ! ça en était arrivé à un tel point que tout m'était devenu complètement égal : elle pouvait faire tout ce qu'elle voulait, je m'en fichais. Et puis, je le répète : je n'avais aucune activité en dehors des cours ou de la maison – et encore ! je n'allais même pas aux fêtes du collège, alors je ne parle pas de cinéma ou de trucs comme ça. Si j'avais voulu y aller, il aurait fallu que j'emmène Rodney, de toute façon, puisque maman n'était jamais là pour le garder le soir, et encore moins le week-end.

« Oh ! sa mauvaise conscience la travaillait bien, de temps en temps, mais, à chaque fois, elle remettait ça, râlant et pestant, entre deux crises de larmes, sur "l'ordure" qui lui avait volé sa jeunesse et l'avait "collée enceinte" de moi. Quand papa était encore là, elle essayait toujours de le culpabiliser. Tellement qu'un jour il lui avait répondu : "À t'entendre, Aretha, on pourrait croire que j't'ai violée."

« Et elle lui avait répliqué : "Ben, c'était p't-être pas un viol, mais c'était du même tonneau. Tu m'as pas attachée, mais tu m'as quand même bien roulée, Kenny Fisher. Tu m'as éblouie et tu m'as emberlificotée avant qu'j'ai assez d'jugeote pour savoir c'qui m'pendait au bout du nez."

« Ça l'avait bien fait rire, papa. Il me regardait et il se moquait d'elle ouvertement, en secouant la tête. Hier, tu nous as raconté comment tes parents venaient se plaindre à toi, Misty, comment chacun reprochait à l'autre sa conduite devant toi. C'est ce que les miens faisaient aussi, sauf que j'étais trop jeune pour comprendre ce qui se passait vraiment. Papa se tournait vers moi en riant et se mettait à critiquer maman, et puis, après, c'était au tour de maman de me chanter la même chanson. Moi, je les regardais – un coup à droite, un coup à gauche : on aurait dit un match de tennis à la télé – et je ne savais même pas si je devais rire ou pleurer. En définitive, j'en étais arrivée à vouloir faire comme toi, Misty : à avoir envie de me boucher les oreilles.

« Mais, en fait, je n'en ai pas eu besoin : ils avaient beau me crier dessus, je ne les entendais plus. Je ne les voyais plus non plus, d'ailleurs. Je m'en rendais compte quand, au bout d'un moment, je clignais des yeux pour m'apercevoir qu'il n'y avait déjà plus personne : papa était sorti et maman était dans sa chambre à marmonner devant la glace.

« Je n'avais pas encore mon tapis magique, à l'époque, mais je crois bien que je décollais déjà.

J'ai pris mon verre et j'ai bu une gorgée d'eau. Comme l'expression de leur visage avait changé, à présent ! Jade avait perdu son air arrogant et Misty, son petit sourire goguenard. Quant à Cat, elle qui passait son temps à éviter le regard des autres, elle rivait maintenant le sien au mien avec une telle insistance, une telle compassion aussi, que c'est moi qui ai détourné les yeux la première.

J'ai reposé mon verre et j'ai continué :

— Un jour, Aaron et maman ont commencé à parler vacances. Ils envisageaient de passer quelque temps à San Francisco où Aaron était censé avoir de vagues relations « qui lui d'vaient bien ça ». Le plan, c'était de nous laisser tous les deux chez mamie et de remonter en voiture vers le nord. Personnellement, je n'avais rien contre. Au contraire, j'avais plutôt hâte d'y être.

« Mais, quelques jours plus tard, quand je suis allée réveiller Rodney, je l'ai trouvé grelottant de fièvre. Il était si brûlant que j'ai retiré ma main de sa joue comme si je venais de toucher la grille du four. Et puis, j'avais beau le secouer, il ne me répondait que par grognements et ouvrait des yeux si vitreux que j'imaginais mal qu'il puisse voir quelque chose.

« J'ai appelé maman qui s'est tout de suite mise à rouspéter et à me reprocher de la tirer du lit à une heure pareille, jusqu'à ce que je réussisse à la faire lever pour venir toucher le front de Rodney. À ce moment-là, j'ai vu une telle angoisse dans ses yeux qu'au lieu d'être rassurée j'ai eu deux fois plus peur qu'avant.

« Elle a dit : "On f'rait mieux d'l'emmener à l'hosto" et elle est retournée dans sa chambre pour réveiller Aaron. À les voir chancelants dans le couloir, on aurait cru que c'étaient eux qui avaient la fièvre. Il aurait presque fallu des allumettes pour qu'Aaron garde les yeux ouverts. J'ai enveloppé Rodney dans une couverture et maman l'a porté jusque dans la voiture d'Aaron.

« J'avais déjà eu pas mal de fois l'occasion de mettre les pieds aux urgences, en dehors de ce fameux jour où on avait fait recoudre Rodney : c'était toujours bourré de gens, tous plus malades les uns que les autres. Dans la salle d'attente, tout le monde tousse, gémit, crie, râle... On les croirait tous à l'article de la mort. Alors, évidemment, Rodney avait beau être dans un piteux état, on n'a pas réussi à le faire passer en priorité. On est bien restés assis là plus de deux heures. Aaron s'était endormi sur sa chaise, mais maman rongeait son frein et, au bout d'une demi-heure, elle était déjà d'une humeur massacrante. Elle pestait tellement contre la terre entière qu'elle avait réussi à se mettre tout le personnel de l'hôpital à dos.

« Je la regardais faire et je me disais : *C'est encore Rodney qui va prendre : les infirmières ne vont pas se bousculer pour s'occuper de lui, maintenant.* J'ai essayé de la raisonner – mamie dit toujours qu'on n'attire pas les mouches avec du vinaigre –, mais maman était si furieuse qu'on l'ait dérangée dans ses petites habitudes qu'il fallait absolument qu'elle passe ses nerfs sur quelqu'un.

« Finalement, on a quand même été appelés et le docteur a examiné Rodney. Mais il a voulu faire des analyses et on a dû attendre encore cinq bonnes heures avant qu'il ne revienne voir maman pour lui annoncer que Rodney avait une infection à la moelle épinière. Il lui a dit : "Je pense que nous allons pouvoir agir à temps et éviter le pire avec des antibiotiques, mais, dorénavant, ce petit garçon est un enfant malade."

« Elle s'est aussitôt indignée : "Eh ben, pourquoi qu'vous nous avez fait attendre si longtemps, alors ? J'savais bien qu'il était malade, le p'tit. Je l'savais. Les mères, ça sent ces choses-là.

« — Il y a beaucoup de gens malades, ici, Mrs Fisher, lui a calmement répondu le docteur. Nous faisons de notre mieux."

« S'il croyait lui clouer le bec avec ça ! Mais, au bout du compte, lassé de l'entendre rabâcher le même refrain, il est parti, en nous recommandant de faire soigner Rodney tout de suite et en nous annonçant qu'il en aurait pour une semaine de traitement minimum. C'était ce qui s'appelle "mettre de l'huile sur le feu". Vous parlez : ses vacances étaient fichues !

« Je dois quand même reconnaître que maman pouvait être agréable, à ses heures, et même gaie, quand ça la prenait. À partir du moment où elle est sortie avec Aaron, elle est devenue plus souriante, et puis elle a recommencé à chanter dans la maison, comme elle le faisait quand j'étais petite. J'en étais arrivée à penser qu'Aaron lui faisait du bien et que, par conséquent, il nous en ferait peut-être aussi.

« Mais que Rodney tombe malade juste au moment où elle allait prendre ses "premières vraies vacances", comme elle disait, ça, elle n'arrivait pas à l'avaler. Du coup, ça l'a rendue encore plus méchante qu'avant : une vraie furie. En plus, comme elle avait déjà dit à Bill qu'elle prenait sa semaine, elle était constamment à la maison à tourner en rond, passant son temps à boire et à râler.

« J'étais plus souvent à l'hôpital qu'elle. Il faut dire que, cette semaine-là, elle a trouvé le moyen de se saouler jusqu'à en tomber dans le coma. Et pas qu'une fois en plus !

« En fait, c'est sans doute la maladie de Rodney qui l'a décidée à mettre à exécution le plan qui lui trottait dans la tête depuis un petit moment déjà. Ça et l'avis d'expulsion.

— Elle ne payait pas le loyer ? s'est écriée Jade. Mais elle recevait un salaire, n'est-ce pas ?

— Oui, mais bon, moi, les factures, tout ça, je n'étais pas très au courant. Je me rappelle bien qu'on nous a coupé le téléphone deux fois, et une fois aussi l'électricité, parce qu'elle n'avait pas payé, mais, je ne sais pas comment elle s'est débrouillée, en tout cas, ça a été vite rétabli.

« Ça ne faisait pas trois jours que Rodney était rentré de l'hôpital quand, en ouvrant la porte, j'ai vu, planté sur le paillasson, un homme en costume gris qui demandait à voir ma mère. Je lui ai dit qu'elle était à son travail. Alors il a eu une espèce de petit sourire hautain et il a dit d'un ton sarcastique : "Si elle travaille, comment se fait-il qu'elle ne paie pas le loyer ?"

« Je ne savais pas quoi répondre. Mais il n'a pas attendu que je le fasse. Il m'a tendu une enveloppe et m'a fait promettre de la "remettre à ma mère en main propre". Dès qu'il a été parti, j'ai ouvert l'enveloppe. Elle contenait une menace d'expulsion sous trente jours si on ne payait pas tout le loyer en retard. Au fond de moi, je savais bien qu'il ne serait jamais payé, mais je me demandais comment maman allait pouvoir s'en sortir, cette fois. Je n'aurais jamais pu imaginer ce qu'elle mijotait en douce dans son coin.

« Quand elle est rentrée, je lui ai donné la lettre. Elle l'a parcourue, et puis elle l'a jetée à la poubelle.

« Je lui ai demandé : "Comment on va faire, m'man ?"

« Elle m'a répondu : "On va rien faire du tout. T'inquiète pas d'ça." Pas la peine d'insister : pour elle, l'affaire était classée.

« À la fin de la semaine, elle nous a annoncé qu'elle et Aaron avaient repoussé leurs "vraies vacances" et qu'elle s'était de nouveau arrangée avec mamie pour nous faire garder.

« Je lui ai aussitôt demandé comment on allait faire pour l'école. Mamie habitait bien trop loin. Et puis, les vacances scolaires étaient terminées et, même si je n'étais pas du genre à en faire une jaunisse, ça m'embêtait un peu de sécher les cours quand même.

« Elle m'a répondu : "Tu peux bien rater un peu l'école pour que j'prenne des vacances, non ?" À l'entendre, on aurait dit qu'elle me trouvait d'une ingratitude monstrueuse : un comble !

« Je l'ai prévenue. Je lui ai dit : "Ça ne va pas leur plaire, à l'école."

« Mais ça n'a pas eu l'air de l'inquiéter beaucoup plus que la menace d'expulsion.

« De toute façon, ça faisait déjà longtemps que je ne m'intéresais plus aux études : j'étais bien trop crevée pour ça. J'accumulais les mauvais résultats dans presque toutes les matières, sauf en maths. Au début, la conseillère d'éducation m'appelait dans son bureau au moins une semaine sur deux, mais, à la fin, elle a fait comme tout le monde : elle a baissé les bras. Et puis, comme ce n'étaient pas les gamins à problèmes qui manquaient au collège, au bout d'un moment, plus personne n'a fait attention à moi. Je parie qu'ils ne se sont même pas rendu compte que j'étais partie.

« Maman m'a fait mettre dans un sac la plupart de mes affaires et toutes celles de Rodney. Aaron les a portées dans sa voiture et on est partis. L'appartement de mamie est encore plus petit que celui qu'on habitait avec maman, mais il est au rez-de-chaussée et il y a un petit bout de terrain derrière, presque une vraie cour. On allait devoir continuer à partager la même chambre, Rodney et moi. En fait, c'était la pièce où mamie faisait sa couture et son repassage, mais il y avait un petit meuble avec un lit pliant et Aaron avait réussi à coincer le lit de camp de Rodney dans le coffre, alors on n'allait pas être trop à l'étroit.

« Avant qu'Aaron et maman repartent, on a eu droit à la grande scène du deux : maman nous a joué la mère modèle, nous ordonnant de bien nous conduire pendant son absence. "Oubliez pas qu'vous êtes là pour aider mamie", nous a-t-elle dit, se comportant comme si c'était vraiment la raison pour laquelle elle nous avait amenés.

« Elle a promis à mamie de l'appeler un ou deux jours plus tard, et puis elle a planté un petit bisou rapide sur la joue de Rodney. Quant à moi, elle s'est contentée de me lancer un regard lointain, comme si j'étais déjà à des milliers et des milliers de kilomètres de là. C'est alors que j'ai aperçu quelque chose dans ses yeux. J'ai cru que mon cœur s'arrêtait. J'avais la gorge nouée et brûlante comme quand on retient ses larmes, un torrent de larmes.

« Il m'arrivait parfois, quand je regardais maman sans qu'elle le sache, de réussir à saisir – oh ! pour une fraction de seconde seulement – le reflet de ce qu'elle avait été quand j'étais petite. C'était presque comme si son visage n'était qu'un masque sous lequel se cachait la maman que j'avais connue et que j'avais aimée. Ses yeux pétillaient et la crispation de ses lèvres s'évanouissait pour laisser place à un petit sourire malicieux. Ça me faisait tellement chaud au cœur ! Tout à coup, je me sentais en sécurité.

« Voilà ce que j'ai vu apparaître quand elle m'a regardée, là, debout, sur le pas de la porte. Je n'avais pas ressenti ça depuis des années. J'aurais voulu courir me jeter dans ses bras pour l'embrasser. J'aurais voulu qu'elle me serre contre elle avec tout l'amour qu'une mère éprouve pour sa fille. Mais, en un clin d'œil, le masque est revenu, plus dur et plus revêche que jamais.

« Elle a aboyé : "Toi, j'te les confie. Tu t'occupes de tout."

« J'ai marmonné un vague "comme d'hab", qui ne lui a pas plu. Elle m'a tourné le dos pour rejoindre Aaron et ils sont partis.

« Maman n'a pas appelé le lendemain, ni de toute la journée, le surlendemain. On venait de finir de dîner quand le téléphone a enfin sonné.

« J'ai bien vu que mamie écoutait plus qu'elle ne parlait et qu'elle ne nous quittait pas des yeux.

« "Non, disait-elle. Tiens donc ! Tu n'm'avais pas parlé d'ça, Aretha… Évidemment que j'veux bien."

« J'attendais à côté, au cas où maman aurait demandé à nous parler, à Rodney ou à moi. Mais, à la fin, mamie a juste dit "au revoir" et elle a raccroché.

« "Qu'est-ce qu'il y a encore, mamie ? je lui ai aussitôt demandé, en voyant son air contrarié.

« — Ta m'man dit que vous avez été expulsés de votre appartement. Tu as entendu parler d'ça ?

« — Eh bien… oui. J'étais à la maison quand le bonhomme a apporté la lettre. C'est même moi qui l'ai donnée à m'man. Mais elle m'a dit de ne pas m'inquiéter de ça.

« — Eh ben, vous n'avez plus d'maison", a conclu mamie.

« Rodney ne comprenait pas trop ce qui se passait, mais il sentait bien que les nouvelles n'étaient pas bonnes et il s'est mis à pleurer. Je l'ai pris dans mes bras.

« "Qu'est-ce qu'elle compte faire, mamie ? je lui ai demandé.

« — Elle a dit qu'elle et Aaron allaient essayer d'trouver un logement pour vous à San Francisco. Aaron a des amis qui lui ont proposé du travail et ta m'man en cherche un aussi. 'Dès qu'ils se s'ront installés quelque part, ils vous f'ront v'nir', m'a-t-elle répondu."

« Peut-être même qu'elle l'avait cru, quand maman le lui avait dit. Mais, au bout de quelques jours sans nouvelles, j'ai bien vu qu'elle commençait à se douter de quelque chose. Maman a appelé la semaine suivante et lui a resservi, à peu de chose près, la même salade. Mais, quand elle a vu, à la fin de la semaine d'après, que le téléphone n'avait toujours pas resonné, mamie a décidé de nous inscrire dans les écoles les plus proches.

« Une semaine a passé, et puis une autre. Maman appelait de temps en temps, avec, à chaque fois, une histoire différente à raconter. Un jour, elle a appelé en disant qu'Aaron et elle envisageaient de tenter leur chance sur la Côte Est. Aaron avait un oncle qui tenait une supérette de quartier à Wilmington, dans le Delaware. Ce brave tonton aurait soi-disant eu besoin de quelqu'un pour lui donner un coup de main et il aurait même dit qu'il ne manquerait pas de travail pour maman non plus.

« Mamie n'en croyait pas un mot. Mais j'imagine qu'elle se disait, en nous regardant, Rodney et moi, que, finalement, c'était peut-être ce qui pouvait nous arriver de mieux. Quand elle a raccroché, on a eu une petite discussion, elle et moi. Elle m'a dit : "Eh bien, je crois que j'vais devoir rester sur cette terre un p'tit peu plus longtemps que je n'l'avais prévu." Et je lui ai répondu : "Je crois que tu as intérêt, mamie."

« C'est comme ça que je suis devenue ce que Misty a appelé hier une O.A.P., une orpheline avec parents. Et vous savez ce que je leur dis, moi, à mes parents : "Bon débarras !"

Je me suis tue et j'ai regardé le plafond. Mais j'ai senti le regard du Dr Marlowe posé sur moi et j'ai bien vu qu'elle attendait que je leur dise. Alors j'ai pris mon courage à deux mains et j'ai plongé :

— Mes ennuis ne faisaient que commencer.

6

— Comme je le disais, tout à l'heure, mamie voulait qu'on retourne le plus tôt possible en classe et elle nous avait déjà inscrits, pour Rodney, à l'école primaire d'à côté et, pour moi, au lycée le plus proche.

« J'avais beau faire des efforts, tous ces bouleversements successifs m'avaient quand même un peu chamboulée : je ne les vivais pas très bien. Mais Rodney les vivait encore moins bien que moi : contrairement à son père, qui se refermait comme une huître dès qu'il avait un problème, Rodney, lui, devenait agressif. Il a commencé à jouer les casseurs en classe, à provoquer des bagarres à la récréation, à répondre à son nouveau maître... Le premier mois, mamie a été convoquée deux fois – sans parler des dégâts à payer. Il faut dire aussi que Rodney a grandi auprès d'une mère qui jetait à travers la maison tout ce qui lui tombait sous la main, qui piquait des colères monstres et qui ne se gênait pas pour employer des gros mots et injurier la terre entière devant lui. Bon, la plupart du temps, elle avait tellement bu qu'elle ne se rendait même pas compte de ce qu'elle faisait. N'empêche, pour donner le bon exemple, ce n'était pas l'idéal.

« Mais ce n'était pas non plus une raison pour le laisser faire n'importe quoi. J'ai donc essayé de faire preuve d'un peu d'autorité, de me montrer ferme, et même sévère, avec lui, de l'attraper dès qu'il recommençait à faire des siennes... Mais, quand il levait vers moi ses grands yeux tristes, avec ce regard perdu de gamin abandonné, ça me coupait tous mes effets. Je n'avais plus qu'une envie : le prendre dans mes bras et le serrer contre mon cœur. Malgré tout, j'ai quand même fini par trouver le moyen de le faire réagir : je lui ai gentiment expliqué que je me faisais bien moins de souci pour lui que je ne m'en faisais pour la santé de mamie. Je lui ai dit :

« "N'oublie pas qu'elle a déjà fait une crise cardiaque et qu'elle pourrait bien en faire une autre. Et alors, qu'est-ce qu'on deviendrait, toi et moi ? On nous mettrait dans un orphelinat ou un truc comme ça, voilà ce qui nous arriverait !"

« Ça, il semblait capable de le comprendre. Du coup, il s'est un peu calmé ; assez, du moins, pour ne plus avoir d'ennuis à l'école. Mais ses résultats ne s'en sont pas améliorés pour autant.

« Les miens non plus, d'ailleurs. Mes mauvaises habitudes avaient dû me suivre, ou j'avais pris le pli, comme disait mamie. Pour moi, les études, ça ne menait à rien, de toute façon. Quand les conseillers d'orientation me demandaient ce que je voulais faire dans la vie, je me contentais de secouer la tête en regardant par la fenêtre. En fait, je n'en avais pas la moindre idée. L'avenir me paraissait aussi sombre qu'un soir d'hiver et l'horizon, tout aussi bouché. Ça m'épatait toujours quand je voyais tous ces gens se projeter des années et des années dans le futur pour imaginer ce qu'ils feraient plus tard. Moi qui vivais toujours dans l'angoisse du lendemain !

« Je me suis rapidement fait des copines au lycée. Les nouveaux attirent toujours l'attention – on veut les examiner de plus près ; on les bombarde de questions... ça fait de l'animation ! – et puis, j'étais loin d'être la seule dans mon cas, je le savais : il y en avait plein qui vivaient chez une tante, un vieil oncle ou chez leurs papi et mamie. Une des filles de ma classe avait une cousine dans mon ancien collège – je la connaissais : j'avais souvent papoté avec elle. Alors, forcément, ça nous a rapprochées. On est vite devenues copines, Tina et moi. Elle m'a raconté pas mal de trucs sur les autres élèves, plus particulièrement sur les garçons qui avaient un casier judiciaire plutôt chargé ou qui appartenaient à des gangs plus ou moins dangereux : enfin, le genre de types qu'il vaut mieux éviter.

« Steve Gilmore en faisait partie. Pourtant... Tina avait beau me mettre en garde contre lui, je le trouvais plutôt attirant. Tina disait qu'il était bizarre. Il semblait aimer la solitude, en tout cas. Apparemment, il n'avait aucun ami au lycée, et on ne savait pas grand-chose sur lui. Comme, en plus, on ne le voyait jamais le week-end aux QG habituels, il avait tout d'un mystère ambulant. La seule personne qui semblait trouver grâce à ses yeux, c'était Matthew Langer, un petit blanc maigrichon qui avait de telles difficultés scolaires qu'ils lui avaient, d'office, collé deux ans de retard. Mais le fait même que Steve parle à Matthew, alors qu'il battait froid tout le lycée, me le rendait encore plus sympathique. Sans compter qu'il avait pris Matthew sous sa protection et qu'au besoin, comme il l'avait clairement laissé entendre, il n'hésiterait pas à le défendre.

« Il n'avait pourtant rien d'une armoire à glace : il ne devait même pas faire un mètre quatre-vingts et sans doute pas plus de soixante-quinze kilos. Mais il avait dans les yeux cette lueur farouche qui suffisait à tenir les autres à distance. Je crois que c'était à cause de cette façon qu'il avait de vous regarder droit dans les yeux. Quand son regard se posait sur eux, les autres disaient que c'était comme s'il les transperçait, comme s'il pouvait lire leurs pensées les plus secrètes. Quelqu'un l'avait même surnommé "Rayon X". Ça lui était resté. Mais personne n'aurait osé l'appeler comme ça en face.

« On racontait un tas d'histoires sur lui – à ce niveau-là, ce n'étaient même plus des racontars : ça tenait de la légende.

— Par exemple ?

Ce qu'il y avait d'horripilant, avec Jade, c'est qu'elle avait toujours l'air de mettre en doute tout ce qu'on lui disait. Du coup, on se sentait constamment obligé de se justifier.

— Par exemple, qu'à neuf ans à peine, il aurait tué quelqu'un dans une bagarre, volé une voiture et provoqué un accident qui aurait entraîné la mort d'une jeune femme. Et d'autres délires dans le même genre.

« En tout cas, d'après ce que je pouvais en voir, ça ne se

passait pas trop mal pour lui au lycée : c'était un bon élève, plutôt calme et discret, toujours ponctuel et qui n'avait jamais manqué de respect à aucun de ses professeurs. J'étais dans la même classe que lui en histoire et, de temps en temps, je lui jetais un petit coup d'œil en douce. Il était dans la première rangée, la plus proche de la porte, et moi dans la troisième, près de la fenêtre : difficile de faire plus éloignés ! Mais je me consolais en me disant que, si on avait été dans la même, il aurait été assis juste derrière moi. L'avantage, c'est que je pouvais l'observer sans que ça se voie trop. Ça aurait pu marcher dans les deux sens, d'ailleurs, sauf qu'il ne me regardait jamais, lui. Il ne semblait même pas s'intéresser du tout à moi.

« J'avais pourtant commencé à faire un peu plus attention à ma façon de me coiffer et de m'habiller, depuis quelque temps. Je me mettais du brillant à lèvres et du vernis à ongles, aussi. Mamie s'était débrouillée pour me procurer des fringues un peu plus sympas – elle faisait, quelquefois, les retouches pour un grand magasin et le directeur nous faisait profiter de réductions exceptionnelles.

« Mamie me disait que j'étais jolie. Mais je pensais que c'était normal parce que j'étais sa petite-fille. Pourtant, un jour, Tina m'a annoncé qu'avec ses copines elles m'avaient élue l'une des plus belles filles du lycée. Si c'était vrai, pourquoi Steve Gilmore ne m'avait jamais accordé un regard, alors ? Il y en avait pourtant qui ne s'en privaient pas. Le seul petit problème, c'est qu'ils ne me plaisaient pas, eux.

« Ce que je faisais, de temps en temps, en classe, c'est que je me penchais un peu en arrière sur ma chaise pour pouvoir regarder Steve sans qu'il s'en aperçoive. Je crois que ce qui m'attirait, en plus, chez lui, c'était cette expression qu'il avait parfois dans les yeux. On aurait dit une sorte de douleur secrète, comme s'il avait mal là où j'avais mal. Et puis, par moments, son regard s'en allait, comme s'il s'évadait, lui aussi.

« Rien qu'à voir vos têtes, j'ai l'impression de parler chinois. Je sais que ça ne doit pas être facile à comprendre, mais ce n'est pas très facile à expliquer non plus. Il ne vous est jamais arrivé de jeter un coup d'œil dans une glace et d'apercevoir quelque chose de bizarre ? Moi, ça m'arrivait même d'y regarder à deux fois, à cause de cette ombre noire que je surprenais dans mes yeux. On aurait dit deux minuscules tunnels qui remontaient tout droit jusqu'aux souvenirs les plus pénibles de mon enfance. Ça m'étonnait toujours quand je me rendais compte de tout le temps que j'avais passé plongée au fond de ces tunnels-là. Comment vous avez appelé ça, déjà ? Des "flash-backs" ? C'est bien ça, docteur Marlowe ?

La psy a acquiescé d'un hochement de tête.

— Il suffisait que je commence à m'imaginer dans la peau de la petite fille de cinq ou six ans que j'avais été pour que, tout à coup, je bascule dans le passé. C'est plutôt étrange, comme expérience. Ça vous laisse un goût amer dans la bouche. Et puis, il y a cette immense tristesse qui vous tombe dessus, comme une grosse couverture mouillée qu'on vous jetterait sur les épaules.

Quand je me suis tue, personne n'a soufflé mot. Elles avaient toutes les yeux dans le vague.

— Pas très brillant, hein ? Je ne suis pas très douée pour ce genre de... de démonstrations, ai-je bafouillé, gênée par leur silence. Je n'aurais pas dû m'y prendre comme ça.

— Mais, si ! si, au contraire !

C'était vraiment le cri du cœur. Plutôt surprenant, venant de Jade. Mais c'était quand même sympa de sa part et je l'ai remerciée d'un sourire – auquel elle a, d'ailleurs, répondu aussitôt.

— Tout ça pour dire qu'un jour où je le matais comme ça, j'ai vu Steve se tourner vers moi, lentement, très lentement, jusqu'à ce que nos regards se rencontrent. C'était comme si on s'était fait un signe, un signe de reconnaissance, comme deux personnes d'un même pays qui se retrouvent par hasard dans un pays étranger. Nous, on venait de la même planète : la Planète du Malheur.

Misty semblait fascinée. Un petit sourire rêveur s'est peu à peu dessiné sur ses lèvres et elle a murmuré :

— Moi aussi, je viens de cette planète-là.

J'ai salué d'un hochement de tête cette nouvelle « compatriote », étonnée que mes propres souffrances puissent avoir de telles résonances chez les autres. C'était quand même encourageant, non ? Ça me remontait le moral, en tout cas, et ça me poussait à continuer :

— Il s'est passé quelque chose, à cet instant magique où Steve m'a regardée. On aurait dit qu'il se réveillait ou qu'il reprenait connaissance : il avait enfin ouvert les yeux et vu que j'existais. Comme j'ai pu le découvrir par la suite, Steve n'était pas tant bizarre qu'atrocement timide. Il ne lui a pas fallu moins de deux jours pour réussir à m'adresser la parole, et encore ! J'allais chercher Rodney à l'école, après les cours, quand Steve m'a doublée au pas de charge, ralentissant à peine pour me dire « Salut ». Avant que j'aie eu le temps de lui répondre, il avait déjà tourné le coin de la rue. Mais ça avait suffi pour me faire battre le cœur à cent à l'heure et, ce jour-là, j'ai rêvé de lui toute la nuit.

« Le lendemain, j'y suis allée au culot : quand je l'ai vu dans le couloir, juste avant le cours d'histoire, je me suis carrément plantée devant lui et je lui ai demandé s'il avait fait son exercice – on était censés décrire "les principales causes de la Première Guerre mondiale".

« Il m'a regardée d'un air méfiant, comme s'il avait flairé un piège, et m'a balancé son fameux "Rayon X" en pleine figure. J'ai cru que ses yeux allaient m'avaler. Ce n'est qu'après m'avoir scannée de la tête aux pieds, et inversement, qu'il a enfin commencé à se détendre.

« Il m'a répondu : "Je n'en ai trouvé que trois."

« J'ai dit : "Moi aussi", et je les lui ai citées. Il m'a donné les siennes et, à nous deux, on a réussi à en avoir cinq. À peine assise à ma place, je me suis dépêchée de les recopier, en lui jetant un coup d'œil toutes les deux secondes pour voir s'il en faisait autant. Non seulement il avait eu le même réflexe, mais il me regardait aussi. Il m'a souri et j'ai eu l'impression qu'il m'embrassait.

— Juste un sourire et ça t'a fait cet effet-là !

Cat était demeurée si silencieuse, si figée, que j'avais fini par l'oublier. Comme chaque fois qu'elle ouvrait la bouche, elle s'est mise à regarder en tous sens, comme une bête traquée, terrifiée à l'idée d'avoir seulement osé prononcer un mot.

Je n'ai pas voulu prolonger son supplice.

— Il avait vraiment un très joli sourire, tu sais. Tout son visage s'illuminait. Son expression devenait, tout à coup, si chaleureuse! Pas simplement amicale, je veux dire: plus que ça. Presque tendre, mais avec plein de petites étincelles dans les yeux. Il était si...

— Sexy? m'a suggéré Misty.

— Non. Non, ce n'était pas ça. Il y avait tant de... de compréhension dans son regard. Oui, c'est ça: j'avais l'impression qu'on pensait la même chose, qu'on parlait le même langage. Mamie a un dicton pour ça: "Qui se ressemble s'assemble." Elle regarde les gens dans la rue et me chuchote à l'oreille: "Ils font la paire, ces deux-là, regarde. Qui s'ressemble s'assemble." On se moque souvent des personnes âgées avec leurs drôles d'expressions, leurs vieux proverbes et tout ça, mais ça sonne tellement juste, parfois. Ça paraît tellement logique, tellement évident, la sagesse même, quoi! Enfin, pour moi.

— Et alors? s'est impatientée Jade. Que s'est-il passé après ce fabuleux sourire?

— Oh! tu peux rire! N'empêche que certaines personnes en disent plus long d'un seul regard que bien d'autres avec des milliers de mots.

— Mais je ne me moquais pas de toi. Je voulais juste savoir ce qui s'était passé après, c'est tout.

Et elle a secoué la tête en soupirant.

J'ai regardé le Dr Marlowe. Elle affichait toujours ce même calme apparent, cette même mine impassible qui avait le don de m'exaspérer. On aurait dit qu'elle attendait patiemment que l'une d'entre nous finisse par craquer.

Je ne lui ai pas fait ce plaisir et j'ai continué comme si de rien n'était. Mais ma voix était tendue et l'effort que je faisais pour me contrôler devait se voir comme le nez au milieu de la figure.

— On a finalement réussi à se parler, après le cours.

Dès que j'ai revu la scène, tous les souvenirs qui allaient avec me sont revenus et ma tension s'est relâchée d'un coup.

— Oui, on a discuté, discuté... On ne s'est même pas arrêtés pendant le déjeuner. Il m'avait invitée à sa table et je m'étais assise en face de Matthew. Le pauvre semblait si contrarié de me voir là qu'il n'a pratiquement rien avalé.

— Il était jaloux parce que tu lui volais l'attention de son seul ami, probablement.

Allons bon ! voilà que Misty s'y mettait, elle aussi !

— Je suppose. Ce n'est pourtant pas faute d'avoir essayé d'être gentille avec lui. Mais, quoi que je fasse ou que je dise, il me regardait toujours avec cet air de molosse qui n'attend qu'un mot de son maître pour vous sauter à la gorge.

« C'est seulement après plusieurs jours à discuter comme ça – au déjeuner, entre les cours, à la sortie... enfin dès qu'on le pouvait – que j'ai su pour la mère de Steve : il l'avait perdue dans un accident de voiture, dix ans plus tôt. C'est aussi comme ça que j'ai découvert qu'il était fils unique et qu'il vivait avec son père. Rien qu'à la façon dont il en parlait, j'ai tout de suite compris que ce n'était pas l'entente cordiale.

« Bien plus tard, je devais apprendre que c'était son père qui était au volant, au moment de l'accident, et qu'il avait bu. Il était passé au tribunal et il avait même été accusé d'homicide par imprudence et de conduite en état d'ivresse. Mais il avait été remis en liberté conditionnelle, sans doute parce que Steve n'avait plus que lui.

« On en était arrivés à sauter sur la moindre occasion de se retrouver tous les deux. Quelquefois, on allait même déjeuner dehors. Là, au moins, les autres ne passaient pas leur temps à nous épier en chuchotant ou en ricanant bêtement. J'ai fini par me sentir assez à l'aise avec lui pour lui raconter un peu ma vie : comment ça s'était passé avec mes parents et tout ça. Mais Steve se montrait très discret sur son passé. Quand je lui posais des questions, il détournait les yeux, semblait tout à coup captivé par le contenu de son assiette, ou se contentait d'une réponse évasive. Il ne m'a pas fallu longtemps pour comprendre qu'il valait mieux éviter certains sujets avec lui.

— Et Matthew, pendant ce temps-là ? a soufflé Cat.

— Il venait avec nous, quelquefois. Avec le temps, il avait fini par se montrer un peu moins hostile envers moi.

« Et puis, un jour, Steve m'a donné rendez-vous. Oh ! Ce n'était pas vraiment un rendez-vous d'amoureux, mais c'était la première fois qu'un garçon me demandait d'aller quelque part avec lui.

— Il possédait sa propre voiture ? s'est étonnée Jade, avec une moue sceptique.

— Non. On a pris le bus bleu. Tu sais, la limousine du pauvre...

J'avais dit ça d'un ton sarcastique et, apparemment, ça ne lui a pas plu. Elle a froncé ses jolies lèvres maquillées avec soin et, la bouche en cul-de-poule, elle s'est mise à contempler le plafond.

— Et vous êtes allés où ? m'a demandé Misty.

— À Santa Monica, sur la Promenade. Seulement, quand j'ai demandé l'autorisation à mamie, Rodney s'est mis à sauter partout. Il était fou de joie à l'idée d'y aller. Alors j'ai dû l'emmener. Mais c'est ça que j'aimais aussi chez Steve : ça ne l'ennuyait pas que Rodney vienne avec nous. Je crois même que ça l'arrangeait, au contraire. Je crois que ça le rendait un peu nerveux de se retrouver seul avec moi et je suis sûre qu'il a été ravi de pouvoir jouer au grand frère plutôt que de jouer les amoureux transis.

« Quant à Rodney, il s'est régalé ! Ça m'a fait rire de voir cette admiration béate qu'il a tout de suite eue pour Steve. Vous auriez vu comment il le regardait ! Il buvait ses paroles ! Il ne se serait pas comporté autrement si un de ses héros de feuilletons préférés était sorti de l'écran de télé. Et puis, j'ai réalisé que Rodney n'avait jamais vraiment eu de père – du moins, pas assez longtemps pour savoir ce que c'était –, qu'il n'avait pas de grand frère et qu'Aaron ne représentait rien pour lui, sauf, peut-être, le type qui l'avait chassé de la chambre de sa mère. Je suis sa grande sœur et il m'adore – là n'est pas la question –, mais, pour un petit garçon, ce n'est pas pareil. Pas étonnant, après ça, qu'il ait été tout excité de voir un "grand" s'occuper de lui.

« Il y a des attractions foraines sur la jetée. Vous connaissez toutes la grande roue et le vieux manège de chevaux de bois, sûrement ?

Elles ont hoché la tête en chœur.

— On a pris autant de plaisir à regarder Rodney s'éclater sur les manèges qu'il en a pris à monter dessus. J'ai eu beau protester, batailler pied à pied, Steve n'a rien voulu savoir : c'est lui qui a tout payé. Il m'a dit que son père lui donnait largement assez d'argent pour s'acheter tout ce dont il avait besoin parce que c'était lui qui gérait le budget familial – y compris les dépenses de nourriture, d'entretien et tout ça – et il a ajouté que sa mère avait souscrit une assurance-vie et que la banque lui verserait une belle somme à sa majorité : « de quoi partir du bon pied dans la vie », comme il disait.

« On s'est alors mis à parler de ce qu'on ferait après le bac. Je n'en avais toujours pas la moindre idée, mais Steve songeait déjà à s'engager dans l'armée. De toute façon, il n'avait pas trop de soucis à se faire : il savait que, grâce à son héritage, il aurait toujours "de quoi se retourner".

« Et il a encore ajouté : "Et puis, mon père ne peut pas mettre le grappin dessus, en plus." On aurait juré qu'il jubilait. Mais il a tout de suite changé de ton : "Ma mère a été assez maligne pour comprendre, dès le début, qu'il ne faudrait pas compter sur lui pour faire bouillir la marmite. On avait souvent du mal à joindre les deux bouts et elle croyait bien qu'elle allait devoir travailler toute sa vie... En fait, elle a voulu s'assurer que je ne manquerais jamais de rien..."

« Dès qu'il avait commencé à parler de sa mère, ses yeux s'étaient emplis de larmes. Mais il devait s'y attendre parce qu'il les a tout de suite chassées d'un battement de paupières, comme un clap de cinéma qui annonce la scène suivante. Son fameux "Rayon X" est aussitôt réapparu, aussi pénétrant et glacé qu'au premier jour.

« Il semblait vraiment s'amuser avec Rodney. Ça le faisait rire de voir sa petite frimousse s'illuminer rien qu'à l'idée de passer d'un manège à l'autre, de manger un hot-dog ou une barbe à papa, de jouer à tous ces jeux vidéo, pleins de couleurs et de bruits, sous les arcades, et de s'arrêter à tous les stands pour gagner des trucs ringards qu'on aurait aussi vite fait d'acheter directement.

« Je crois bien qu'au bout d'un moment, j'ai fini par être jalouse.

— Jalouse ! s'est exclamée Misty. Pourquoi ? Parce qu'il offrait des hot-dogs, des barbes à papa et des parties de flipper à ton petit frère ?

— Non, ce n'était pas ça. Ce qui m'énervait, c'était que Steve semblait prendre plus de plaisir à être avec Rodney qu'à être avec moi. En fait, j'avais l'impression qu'il préférait sa compagnie à la mienne.

Je me suis tournée vers le Dr Marlowe. J'avais déjà discuté de ça avec elle et je pensais avoir réussi à voir où était le problème.

— C'était peut-être parce que, d'un point de vue relationnel, il était complètement immature, a suggéré Jade. N'as-tu pas dit qu'il était d'une timidité maladive ?

— Non, ce n'était pas ça non plus. Ce qu'il faut savoir, c'est que Steve n'avait jamais eu la chance d'être un petit garçon et de s'amuser comme Rodney. C'était, pour lui, une expérience complètement nouvelle : il découvrait des sensations et des émotions qu'il n'avait jamais éprouvées avant. En fait, il vivait son enfance par… par…

J'ai interrogé le Dr Marlowe du regard.

— Comment vous avez appelé ça déjà ? Pruco… procu…

— Par procuration.

— Oui, c'est ça. En clair, il vivait tout ça à travers Rodney. Il redevenait le petit garçon qu'il aurait voulu être.

— C'est incroyable comme la psychanalyse se démocratise, de nos jours ! a persiflé Jade, avec hauteur. Chacun psychanalyse son voisin. C'est merveilleux !

— Oh ! parce que tu ne le fais pas, toi ? lui a rétorqué Misty. Tu n'analyses pas tout et tout le monde, peut-être ?

— Il souffrait probablement d'une timidité maladive, voilà tout, s'est entêtée Miss Je-sais-tout. Oh ! Et puis quelle importance, de toute façon ?

— Toi, tu t'en fiches sans doute, a riposté Misty. Mais c'est peut-être très important pour elle.

Jade m'a lancé un regard agacé. Elle s'est aperçue, du même coup, que Misty n'avait vraisemblablement pas tort. Son expression a changé du tout au tout.

— Il t'a ignorée toute la soirée, alors? m'a-t-elle demandé d'une voix radoucie. Vous parlez d'un premier rendez-vous! Les hommes sont d'une telle muflerie, par moments!

Je l'ai reprise de volée:

— Je n'ai jamais dit qu'il m'ignorait. Il prenait plus de plaisir à faire des trucs avec Rodney qu'avec moi, c'est tout. J'avoue que j'étais jalouse et que j'aurais bien voulu qu'il fasse plus attention à moi, mais je voyais bien que Rodney s'amusait comme un fou et, vu le peu d'occasions qu'il avait eues de s'amuser jusqu'alors, je n'allais tout de même pas me plaindre. J'étais tellement contente pour lui.

« Après, on est allés sur la plage et Rodney est resté assis à jouer sur le sable, pendant qu'on allait marcher un peu au bord de l'eau.

« J'en ai profité pour remercier Steve de tout ce qu'il avait fait pour mon petit frère. Il a hoché la tête, et puis il s'est mis à regarder la mer et il m'a avoué qu'il n'était jamais venu avant. Ça m'a plutôt étonnée.

« "On n'est jamais allés nulle part, mon père et moi, m'a-t-il confié. Enfin, jamais là où j'aurais pu m'amuser, je veux dire. On allait chez des amis à lui et tout ça, mais il ne m'a jamais emmené... je ne sais pas, moi, au zoo, au théâtre de marionnettes, à la fête foraine... enfin, dans des trucs faits pour les mômes."

« Il a dit aussi qu'il avait beaucoup de mal à se rappeler où sa mère l'emmenait "avant". Il disait toujours "avant" sans jamais préciser avant quoi.

« Et puis il s'est tourné vers Rodney et il a ajouté: "Je sais trop ce que c'est que d'être élevé par un alcoolique.

« — Ton père boit encore beaucoup?" En posant cette question, je savais très bien que je touchais un point sensible, mais je croyais que son père s'était calmé. Comment pouvait-il encore boire après ce qui s'était passé? Steve a éclaté de rire, et puis il s'est exclamé:

« "S'il boit encore beaucoup! (Il riait tout bas, en secouant la tête.) Tu te souviens quand tu m'as dit que, petite, tu prenais l'odeur du whisky pour le parfum de ta mère ? (J'ai acquiescé.) Eh bien, moi, je me suis toujours demandé si ce n'était pas du whisky qui sortait des robinets. Je me le demande encore, d'ailleurs !" Et puis il a ajouté aussitôt : "Qu'est-ce que ça change, de toute façon ? Il va bientôt mettre lui-même un terme à son calvaire : à ce train-là, il ne va pas tarder à claquer."

« Je n'ai pas pu m'empêcher de lui dire : "Tu le détestes, hein ?"

« Quand il m'avait parlé de l'accident qui avait coûté la vie à sa mère, je m'étais tout de suite imaginé qu'il en voulait à mort à son père. Mais quand il m'a regardée, à ce moment-là, il avait de la colère dans les yeux, c'est vrai, mais surtout de la tristesse, je crois.

« "Je ne lui accorde pas assez d'importance pour ça, m'a-t-il répondu. Je ne pense même pas du tout à lui, quand je peux l'éviter.

« — Mais vous vivez sous le même toit, non ? je lui ai rétorqué. Vous êtes bien obligés de vous voir tous les jours ?

« — On serait plutôt comme les locataires d'un même immeuble, m'a-t-il dit. Habituellement, je suis déjà sorti quand il se lève pour aller au boulot et je dîne avant qu'il ne soit rentré. Mais il arrive qu'on se croise, parfois."

« Je me suis exclamée : "Tu te fais à manger tout seul !"

« Il a hoché la tête et il m'a expliqué que "la cuisinière n'avait pas tenu le choc". Et puis il s'est tu un moment, et il a ajouté : "Lui aussi, il mange ma cuisine. Il n'a pas le choix, s'il ne veut pas se coucher le ventre vide."

« Je lui ai dit que j'étais épatée et ça l'a fait rire. J'aimais bien son rire – quand il se laissait assez aller pour que je puisse l'entendre, du moins. On aurait dit qu'il le gardait prisonnier et que, quelquefois, il entrebâillait tout de même la porte pour laisser un peu de gaieté entrer. La tristesse, c'est plutôt comme une maladie. Enfin, moi, en tout cas, ça me rend malade.

Ça, au moins j'étais sûre qu'elles le comprenaient.

— Enfin bref, il s'est tourné vers moi et il m'a dit : « Pourquoi tu ne viendrais pas manger à la maison, demain soir ? Je te ferai une super-quiche lorraine surgelée. »

« "Surgelée ?" Je l'ai charrié : "Tu parles d'un cuisinier ! Moi aussi je sais faire la cuisine, alors ! Peut-être pas aussi bien que mamie, mais nettement mieux que ma mère, en tout cas. Je préparerai la salade et je demanderai à mamie de me laisser faire une tarte Tatin pour le dessert."

« Il m'a regardée avec des yeux ! On aurait dit Rodney, quand il était monté sur son premier manège.

« Il s'est écrié : "C'est vrai ? Tu vas faire une tarte Tatin exprès, rien que pour me l'apporter ?"

« Je lui ai répondu, en rivant mon regard au sien, avec autant de froideur et de gravité qu'il en mettait dans son fameux "Rayon X" : "Je n'ai pas l'habitude de dire quelque chose si je n'ai pas l'intention de le faire."

« Il a souri et il a dit : "OK. Je suis ton homme !"

« Ça m'a fait rire. Vous savez, je n'étais pas seulement super-contente à l'idée de dîner en tête à tête avec lui, j'étais carrément folle de joie, excitée comme une puce, aux anges !

J'ai soupiré et j'ai ajouté à mi-voix :

— C'est marrant comme il suffit de peu de chose pour vous redonner l'espoir, parfois.

Je me suis penchée pour prendre mon verre. Elles m'ont toutes regardée boire sans broncher. Alors, je l'ai reposé et j'ai enchaîné :

— Mamie a une expression pour ça. Elle dit que l'espoir, c'est ce qu'on lance pour attraper le bonheur, comme une ligne avec son hameçon : si on le lance trop souvent ou trop loin, la ligne se casse et il ne vous reste plus que vos yeux pour pleurer.

— Et c'est censé vouloir dire quoi ? m'a demandé Misty, en fronçant les sourcils.

— Ça veut dire que, si tu passes ton temps à rêvasser en espérant que tout va te tomber tout cuit dans le bec, tu risques d'être déçue. Le bonheur, c'est comme le reste, il faut se donner du mal pour l'avoir, ça se travaille. Il ne suffit pas d'espérer qu'il va passer comme ça, au fil de l'eau, et mordre bien gentiment à ton hameçon.

La psy arborait un grand sourire satisfait.

— C'est peut-être chez sa grand-mère que nous devrions toutes aller, plutôt, a lâché Jade, avec son air de ne pas y toucher.

Mais, cette fois, le Dr Marlowe ne l'a pas ratée :

— Star ne s'en porte pas plus mal, apparemment.

Jade a blêmi ; sa bouche s'est tordue en une moue dédaigneuse et ses yeux se sont mis à lancer des éclairs.

Et soudain j'ai pensé : *Elle n'a personne. C'est ça. Voilà ce qui la rend si méchante et si mesquine, par moments. Elle n'a personne.*

Peut-être qu'elle n'était pas si gâtée que ça, finalement.

7

Au début, mamie ne voulait pas que j'aille dîner chez Steve.

« "Comment ça, toi et c'garçon, vous allez vous faire à manger et tu lui as promis une tarte Tatin ? elle s'est exclamée, en fronçant les sourcils. Et sa mère ? Elle n'fait donc pas la cuisine ?"

« Je lui ai expliqué ce qui était arrivé à la mère de Steve, sans dire qui était au volant, ni dans quel état il conduisait, évidemment – ça lui aurait flanqué une trouille bleue. Mais elle s'est mise à me poser de plus en plus de questions, sur le père de Steve surtout, et j'ai bien été obligée d'admettre que je ne savais pas grand-chose.

« "Tu vas aller manger chez c'monsieur et tu n'sais rien d'lui ? elle s'est écriée. Et s'il n'voulait pas d'toi dans sa maison, cet homme, hein ? Voilà un garçon qui t'invite chez lui, com'ça, sans rien d'mander à son père ? Ah ! ça m'plaît pas, Star. Ça m'plaît même pas du tout.

« — Je te jure qu'au moindre problème je rentre immédiatement, mamie, je lui ai promis.

« — Et pourquoi tu l'ferais pas venir ici d'abord, plutôt ? m'a-t-elle proposé. Je lui ferais à dîner, moi, à c'garçon.

« — Il est bien trop timide, mamie. Il ne voudra pas venir.

« — Il est trop timide pour venir ici, mais pas trop pour t'inviter là-bas ? elle m'a rétorqué, en plissant des yeux pleins d'inquiétude et de suspicion.

« — Il est un peu sauvage, mamie. Il n'a pas l'habitude de voir des gens. Il vit quasiment tout seul, tu comprends. Son père n'est presque jamais là."

« Elle a secoué la tête en marmonnant : “Oh ! je n'aime pas ça du tout, Star. Je n'aime pas ça du tout.

« — Ne t'inquiète pas, mamie. Il ne m'arrivera rien. Tu ne me crois donc pas assez sage pour sortir toute seule, maintenant ? Tu ne penses pas pouvoir me faire confiance ?”

« Elle a aussitôt protesté : “Bien sûr que si j'te fais confiance, mon p'tit ! Mais c'est pas ça qu'empêche le malheur d'arriver, quand il doit arriver.

« — Je l'aime bien, mamie. C'est un garçon sérieux, et puis il est très gentil. Il a été formidable avec Rodney. Tu as entendu comment Rodney parle de lui ? Il en a plein la bouche !

« — Pourquoi ? Tu veux emmener Rodney avec toi ?” m'a-t-elle demandé.

« Je ne savais pas trop si ça la rassurerait ou si ça multiplierait ses réticences par deux. “Non, mamie, je lui ai prudemment répondu. Je voudrais avoir un peu de temps rien qu'à moi, pour une fois. Grâce à maman, je n'ai jamais eu cette chance. J'ai presque seize ans et je ne suis pratiquement jamais sortie de chez moi.”

« J'avais l'impression d'entendre ma mère. Moi qui avais horreur de la voir geindre et larmoyer, c'était exactement ce que j'étais en train de faire ! Mamie a réfléchi en silence. Elle en a conclu que j'avais bien mérité un petit moment de liberté, je suppose. Le fait est qu'on n'avait plus entendu parler de maman depuis longtemps et que, tel que c'était parti là, elle ne risquait pas de revenir de sitôt : on avait de lourdes responsabilités, maintenant, mamie et moi, surtout vis-à-vis de Rodney.

« Finalement, elle a accepté : “Bon. À la moindre alerte, tu m'appelles, et tu fais très attention à toi. Sois extrêmement prudente, Star. J'n'aurai pas la force d'affronter d'nouveaux problèmes, tu l'sais bien, ma p'tite fille. J'ai déjà eu largement assez de misères comme ça, dans ma vie.

« — C'est à moi que tu dis ça, mamie ? je lui ai répliqué. Moi qui n'arrête pas de te seriner que tu en fais trop ! Je te dis de me laisser faire la lessive, mais elle est déjà finie quand je rentre de cours et tu me laisses à peine entrer dans la cuisine avant l'heure du dîner, sans parler du ménage.”

« Elle s'est tournée vers moi et elle s'est mise à rire.

« “Ça c'est bien vrai ! a-t-elle reconnu. Bon, d'accord, je vais t'aider à la faire, cette tarte.”

« Et on s'est aussitôt mises à l'ouvrage.

« Rodney était déçu de ne pas venir avec moi, mais je lui ai promis qu'on l'emmènerait, le week-end suivant, et qu'on ferait plein de trucs “super méga tops” tous les trois. Il a accepté le marché.

« J'étais vraiment emballée à l'idée d'aller dîner chez Steve. Je crois même que rien ne m'a jamais emballée autant. Je ne tenais plus en place. J'imagine que, pour vous, aller manger une quiche lorraine surgelée avec un garçon n'a rien d'enthousiasmant, mais, pour moi, c'était Noël, mon seizième anniversaire, le bal du bac et la rencontre du Prince charmant en même temps, le tout enveloppé dans un seul et même paquet cadeau que j'allais pouvoir ouvrir dans quelques heures à peine ! J'hallucinais.

— J'aurais trouvé ça plutôt sympa, moi, s'est tout de suite enthousiasmée Misty, d'un ton aussi sincère que son regard limpide. Ça ne m'aurait pas déplu d'y aller.

Jade a préféré détourner les yeux, mais Cat a coulé vers Misty un coup d'œil craintif, comme pour lui montrer qu'elle était d'accord avec elle. Je lui ai adressé mon plus beau sourire et j'ai repris le fil de mon histoire :

— Le lendemain, donc, après avoir raccompagné Rodney chez mamie, j'ai mis ma salade et ma tarte dans un sac et je suis allée prendre le bus. J'ai quand même dû faire trois pâtés de maisons à pied, de l'arrêt de bus jusqu'à chez Steve – et ce n'était pas le quartier le plus rassurant de la ville, en plus : la plupart des bâtiments semblaient carrément déserts ; les rues étaient sales et il y avait plein de carcasses de voitures qui paraissaient abandonnées là depuis des années.

« Avec ses vingt ou trente mètres carrés, son malheureux rectangle d'herbe jaunie mangée de plaques de terre grise, son porche tellement bancal, sur ses poteaux vermoulus, qu'on avait l'impression d'arriver après un tremblement de terre, ses vitres fissurées aux fenêtres et sa façade délavée au crépi tout pelé, la maison de Steve ne payait pas de mine. Pour tout vous avouer, quand je l'ai vue en arrivant, j'ai cru que je m'étais trompée d'adresse. Je ne pouvais pas imaginer que quelqu'un puisse vivre là-dedans.

« Mais Steve devait me guetter parce qu'à la seconde où j'ai mis le pied dans l'allée qui conduisait chez lui – ou ce qu'il en restait –, il apparaissait sur le pas de sa porte.

« Il a ouvert largement les bras et il s'est exclamé avec un petit sourire en coin : "Bienvenue dans mon château !"

« Je lui ai demandé depuis combien de temps il vivait là, en essayant de prendre un ton aussi neutre que possible pour ne pas avoir l'air trop critique.

« Il m'a dit : "Depuis toujours. C'était la maison de mon grand-père, du côté de mon père. Je crois bien que c'est tout ce qu'il possédait à sa mort C'était une jolie p'tite bicoque, autrefois. Je le sais parce que j'ai vu des photos.

« "Mais entre donc ! Entre ! Inutile de retarder l'instant fatidique."

« On savait tout de suite, rien qu'en passant la porte, qu'on pénétrait en territoire masculin : les meubles du salon auraient eu besoin d'un bon coup de chiffon ; les tapis étaient si éliminés qu'on voyait le plancher au travers et il y avait des verres, des bouteilles et des cendriers débordant de mégots partout. En y regardant de plus près, on repérait vite les endroits où le père de Steve avait brûlé le canapé ou le fauteuil avec sa cigarette. Je savais que c'était lui parce que Steve ne fumait pas et que j'avais pu, en de multiples occasions, constater l'imprudence de ma mère quand elle se trimballait dans l'appartement avec une bouteille dans une main et une clope dans l'autre.

« Il n'y avait pas de rideaux aux fenêtres, seulement des volets, et toute la maison empestait le moisi.

À voir comment Jade grimaçait, on aurait pu croire qu'elle avait des crampes d'estomac.

— La cuisine avait meilleure allure – sans doute parce que Steve avait fait un peu de ménage de dernière minute, en prévision de mon arrivée. Elle était meublée d'une table ronde et de chaises en bois – mangées par les vers –, et il y avait un micro-ondes, un four et un réfrigérateur – si vieux et si bruyant qu'il semblait à deux doigts de rendre l'âme: son moteur émettait un petit « clang, clang » irrégulier qui ne me disait rien de bon. Comme dans toute la maison, les murs avaient besoin d'une bonne couche de peinture et le lino rebiquait dans les coins, sans parler des grosses taches et des auréoles, qui apparaissaient par terre et au plafond.

« Je n'avais vu aucune décoration sur les murs : pas de posters ni de tableaux, aucune photo, même pas une carte postale, et il n'y avait pas davantage de bouquets de fleurs ou de bibelots : pas la moindre touche féminine. J'avais juste eu le temps de jeter un coup d'œil à la chambre de Mr Gilmore, quand Steve m'avait fait visiter le reste de la maison. Il y régnait un désordre incroyable, avec des fringues partout : sur le tapis, sur les chaises et sur le lit défait. Par contre, celle de Steve était propre et bien rangée.

— En revanche, m'a interrompue Jade.

— Quoi « en revanche » ? ai-je aboyé, agacée.

— On ne dit pas « par contre », mais « en revanche ».

J'ai jeté un regard exaspéré vers le Dr Marlowe qui m'a fait signe de continuer. J'ai poussé un profond soupir et, avec un coup d'œil meurtrier pour Jade, j'ai enchaîné :

— Je disais donc que sa chambre était *clean*. Mais tous ses meubles étaient bons pour Emmaüs, si vous voyez ce que je veux dire : bancals, rayés, éraflés, piqués... bref, dans le même état que le reste. Sur le parquet – qui ne devait plus avoir vu de cire depuis des siècles –, il y avait juste une vieille carpette ovale, gris passé, qui servait de descente de lit.

« Steve a bien vu ma réaction en découvrant le décor dans lequel il vivait : je ne sais pas cacher mes sentiments et j'ai une paire d'yeux qui pourrait tout aussi bien servir de loupe pour lire dans mes pensées.

— Une paire ? Tiens donc ! a marmonné Jade, entre ses lèvres pincées.

Je l'ai fusillée du regard, mais, cette fois, j'ai préféré l'ignorer.

« "Quand ma mère vivait encore, m'a dit Steve, cette maison avait au moins l'air habitable.

« — Ça, je veux bien le croire !"

« J'y avais mis une telle conviction qu'il a éclaté de rire. J'ai vaguement essayé de me rattraper :

« "Vous n'êtes pas très doués pour le ménage, ton père et toi, j'veux dire." Il a grommelé un truc du genre : "Il n'est pas doué pour grand-chose" avant de me demander joyeusement : "Un p'tit creux ?"

« J'ai acquiescé avec enthousiasme et on a commencé à préparer le dîner. Il était super content pour la tarte. Je lui ai avoué que c'était mamie qui avait fait la pâte parce que c'était sa spécialité et parce que, j'avais beau m'escrimer à faire comme elle, je n'avais encore jamais réussi à en faire une aussi bonne. Il aimait bien m'écouter parler de mamie. Alors, je lui ai fait l'inventaire de ses petites manies, des anecdotes qu'elle se rappelait à propos de son père ou de sa mère, sans oublier de lui citer ses fameux dictons, évidemment.

« Quand je l'ai interrogé sur ses propres grands-parents, il m'a dit qu'il ne se souvenait que du père de son père. Il n'avait jamais connu les parents de sa mère : ils étaient tous les deux morts avant qu'il ait cinq ans.

« Et comme je m'étonnais qu'il n'ait pas eu de frères et sœurs, il m'a juste répondu : "Un coup de chance." Je me suis retenue de rire quand je me suis aperçue qu'il était sérieux. Il s'est exclamé, presque furieux : "Non mais, tu vois un gosse là-dedans, un gamin comme Rodney ? Tu sais l'enfer qu'il a vécu, déjà. Alors, imagine ça dans un taudis pareil !"

« Et on a commencé à discuter de ce que c'était que de vivre avec un alcoolique, surtout quand c'était son propre père ou sa propre mère. C'est là que je me suis vraiment rendu compte qu'on "faisait la paire" comme aurait dit mamie.

— Pourquoi ?

Bon sang ! Elle ne voulait pas me laisser tranquille cinq minutes, la pimbêche ? Mais qu'est-ce qu'elle avait donc à être si impatiente ? Qu'est-ce qu'elle voulait, au juste ? Que je lui raconte ma vie en long, en large et en travers ? J'étais arrivée, le matin même, en pensant qu'elles se moqueraient toutes de ma misérable histoire de petite fille pauvre, et voilà qu'elles semblaient s'y intéresser encore plus qu'à celle de Misty et peut-être même plus qu'à la leur !

— Parce que ses réflexions à ce sujet-là rejoignaient les miennes et qu'on ressentait la même chose, lui ai-je expliqué.

« "Avant, j'avais toujours envie de tout casser, m'a-t-il confié. Mon père buvait comme un trou : je ne voyais pas comment il pouvait s'occuper de moi. Mais je ne supportais pas qu'il s'en fiche à ce point-là. Les conseillers, les profs... tout le monde me disait toujours que je ne pouvais rien y faire, que c'était son problème, qu'il était malade. Ils voulaient que je le considère comme une sorte de drogué, que je compatisse à sa douleur, comme s'il avait attrapé un virus ou un truc comme ça !"

« Il a émis un petit "ha !" qui semblait signifier : "Elle est bien bonne" et il a continué : "Je ne suis pas croyant, mais je ne pouvais pas m'empêcher de me demander pourquoi Dieu me faisait endurer ça et, surtout, pourquoi il laissait mon père faire ça à ma mère. Ça t'est déjà arrivé de te dire ça ?"

« Je n'ai pas eu à me forcer pour m'écrier : "Plutôt cent fois qu'une ! Mais, quand je lui en parle, mamie me répond que tout ça n'est qu'un test et qu'on devrait avoir pitié de ceux qui nous font souffrir.

« — Et tu y crois, toi ?" Rien qu'au ton sur lequel il avait dit ça, je n'avais pas besoin de lui retourner la question pour savoir ce qu'il en pensait. Du coup, je n'ai pas osé lui avouer que j'y croyais.

« J'ai murmuré : "Parfois, mais pas tout le temps."

« Il a éclaté de rire, et puis il s'est mis à me parler de cette envie qu'il avait de partir de chez lui :

« "J'ai bien failli le faire, l'année dernière. Mais j'ai discuté avec ce type, Mr VanVleet, le conseiller d'orientation du lycée, et il m'a dit : 'Il faut que tu l'acceptes, Steve. Accepte les choses telles qu'elles sont et vis ta vie. Quand ton père reconnaîtra qu'il a besoin de se faire aider, il se fera aider – ou il ne le fera pas, d'ailleurs –, mais, quoi qu'il en soit, ce n'est pas toi qui pourras l'y forcer.'

« "J'ai trouvé que c'était pas idiot. Alors, j'ai essayé de suivre ses conseils : j'ai ignoré mon père – autant que je le pouvais, du moins. S'il n'était pas rentré pour dîner, tant pis. S'il tombait et passait la majeure partie de la nuit étalé par terre, dommage pour lui, même s'il se vomissait dessus. Pendant un moment, il y a eu comme une sorte de trêve entre nous. De toute façon, on ne se voyait pas beaucoup quand il était à jeun, alors on n'avait pas souvent l'occasion de se parler."

« Je lui ai demandé si ça avait changé quelque chose.

« Il a réfléchi deux secondes avant de me répondre : "Je crois, oui. Il a eu l'air de lever le pied pendant quelque temps et il a commencé à se comporter comme s'il s'intéressait un peu à moi : il me demandait comment ça allait au lycée, ce que je voulais faire après le bac... enfin, tu vois, le genre de questions que les parents normaux posent tout le temps à leurs gosses, j'imagine. Et puis..."

« Il s'est tu et j'ai bien cru qu'il allait s'arrêter là. J'ai essayé de l'encourager : "Et puis quoi ?

« — Et puis il s'est mis à fréquenter une femme qui buvait encore plus que lui. Je ne peux pas la sentir. Quand elle ouvre la bouche, c'est un vrai bêtisier à elle toute seule ! Et, dès qu'il a le dos tourné ou qu'il la laisse seule avec moi, elle...

« — Elle ?

« — Peu importe. Heureusement, la plupart du temps, il va chez elle. C'est sans doute là qu'il se trouve en ce moment, d'ailleurs."

« Il y avait une telle rage en lui ! Un véritable ouragan. Je me suis dit que la mienne, à côté, c'était une tempête dans un verre d'eau. On est restés silencieux un long moment. Le sang bouillait dans nos veines et on avait besoin d'un peu de temps pour se calmer.

« Et puis je l'ai interrogé sur le métier qu'exerçait son père. Il m'a répondu qu'il avait eu un bon boulot à la compagnie des eaux, mais qu'il avait été viré à cause de ses retards répétés et parce qu'une fois il s'était fait pincer en train de descendre une bouteille de whisky.

« Il a ajouté : "Il travaille dans un 'garage', en ce moment. Moi, j'appelle plutôt ça un salon de maquillage, mais bon."

« Je lui ai demandé ce qu'il entendait par là et il m'a

expliqué que c'était un endroit où on ramenait des voitures volées pour les transformer avant de les revendre, que c'était ce qu'on appelait "maquiller une voiture". Ça m'a quand même un peu secouée et ça a dû se voir parce qu'il s'est penché pour me souffler à l'oreille : "Comme disait ce type : ne t'occupe pas de lui."

« Il avait murmuré ça d'un ton confidentiel, genre "Secret Défense", et ça m'a fait sourire. Mais il n'a pas reculé et, dans la pénombre du crépuscule, ses yeux brillaient comme des étoiles. Quand nos regards se sont croisés, on est restés longtemps immobiles sans se parler. La vie que j'avais menée jusqu'alors m'avait blindée : j'avais le cœur en miettes, mais je m'étais forgé une cuirasse d'acier trempé, et je savais qu'il s'était encore mieux barricadé que moi. Pourtant, je sentais bien qu'il mourait d'envie de s'ouvrir, de recevoir un peu d'amour. Quant à lui, il savait à quoi s'en tenir : comme je l'ai déjà dit, ai-je ajouté avec un regard en coin pour Jade, il suffit de me regarder dans les yeux pour savoir ce que je pense.

« "T'es vraiment une chic fille, tu sais", m'a-t-il déclaré, tout bas.

« Je l'ai remercié du compliment. Il a insisté : "Je ne veux pas juste dire sympa. Je veux dire que tu es aussi belle dehors que dedans."

« Je lui ai souri, sans trop savoir ce qu'il entendait par là. Il semblait avoir du mal à exprimer ce qu'il voulait dire et ça l'énervait.

« "Mamie me dit tout le temps que je suis jolie", je lui ai répondu.

« Il a renchéri : "Elle a raison, bien sûr, mais c'est plus que ça. Il y a plein de jolies filles au lycée, je suppose, mais elles ne sont belles que de l'extérieur. Ta beauté à toi est plus profonde. Elle est là, a-t-il murmuré, la main sur le cœur. Et c'est la seule qui compte vraiment."

« Je l'ai encore remercié, mais j'ai bien vu que ça l'embarrassait et j'ai tout de suite changé de sujet. Je lui ai proposé de mettre la table. Il m'a fait un salut militaire et il a retroussé ses manches en riant.

Accompagnée de ma petite salade, la quiche lorraine était fameuse et la tarte Tatin, avec les boules de glace à la vanille que Steve avait achetée pour l'occasion, a vraiment été à la hauteur. On en a même repris deux fois.

« C'est seulement après coup que j'ai réalisé : j'ai pensé qu'il avait dû me prendre pour une goinfre et je lui ai assuré que je "ne mangeais pas tant que ça, d'habitude, surtout le soir".

« Il m'a dit qu'à son avis plus on se sentait bien, plus on avait d'appétit. Je lui ai répondu que j'étais bien d'accord, d'autant plus que, pour moi, quand on était triste, on n'avait plus envie de rien, que c'était comme une maladie qui vous ronge et vous dégoûte de tout. C'était tellement facile de bavarder avec lui ! C'était incroyable le plaisir que je prenais à lui parler, ce besoin que j'éprouvais de me confier, tout ce que j'avais à lui raconter... Et, plus on discutait, plus on se sentait proches l'un de l'autre.

« Quand on s'est levés de table pour faire la vaisselle, nos bras se sont frôlés et on s'est retrouvés si près que... que... Bref, on s'est embrassés. Enfin, c'était juste un petit baiser, ce que, moi, j'appelle un bisou-test : tu avances les lèvres et tu attends de voir ce qui se passe.

— Et qu'est-ce qui s'est passé ? m'a demandé Misty.

— On a recommencé. Mais, cette fois, ça a duré plus longtemps, et puis...

— Vous avez oublié la vaisselle, m'a interrompue Jade, en hochant lentement la tête d'un air entendu.

Elle avait le regard clair et tranchant de celles qui en ont vu d'autres.

— Exactement.

Le sourire de Misty s'est élargi et elle s'est mise à rire. Mais Cat semblait à deux doigts de tomber en syncope : elle avait dû tellement retenir son souffle qu'elle risquait l'asphyxie. Quant à Jade, elle arborait sa petite moue blasée habituelle.

— C'est bien ce que je pensais, a-t-elle lâché, avec une telle autosatisfaction que je n'ai pas pu m'empêcher de la moucher :

— Oui, mais il ne s'est pas passé ce que tu crois.

— Jamais ? m'a-t-elle répliqué avec un de ces regards !

À ce niveau-là, ce n'est plus un regard, c'est de la provocation !

— Ce soir-là.

Bien obligée de l'avouer puisque c'était la vérité. Alors, elle s'est calée contre le dossier du canapé, en arborant son petit air satisfait, et elle a croisé les jambes avec une nonchalance de top model.

Après un moment de silence, Misty m'a demandé :

— Pourquoi pas ce soir-là ?

— Parce que son père est rentré et que les choses n'ont pas tardé à se gâter.

Jade s'est laissée aller à un haussement de sourcils ; Cathy s'est mordu la lèvre et le Dr Marlowe a bu une petite gorgée d'eau, puis a reposé son verre en me dévisageant avec insistance. Je l'entendais presque penser : *Va-t-elle continuer ?*

Je l'ai vite rassurée :

— On a rangé la cuisine ensemble. Mais on ne se parlait plus beaucoup. Toutes les cinq minutes, nos regards se croisaient et on se figeait, comme hypnotisés. Dès qu'on se frôlait, les battements de mon cœur s'accéléraient, de plus en plus vite et de plus en plus fort à chaque fois. Ça devenait vraiment torride, quasi irrespirable. Il y avait de l'électricité dans l'air.

« Les gens croient souvent que j'ai collectionné les flirts – les autres filles de mon âge surtout. Mais, avant Steve, je n'avais jamais eu de petit copain ; quelques béguins, tout au plus – dont certains réciproques, d'ailleurs –, mais ça n'avait jamais été plus loin.

« N'empêche, j'avais lu assez de romans d'amour et vu assez de films à la télé pour savoir ce que c'était. Et puis, à vivre avec une femme comme maman, on comprend vite ! Mais quand ça vous arrive – quand c'est vraiment vous, je veux dire –, c'est complètement différent.

— Ah ça ! C'est clair, s'est exclamée Misty.

Cat lui a jeté un coup d'œil admiratif, et puis elle s'est retournée aussi sec vers moi, comme si elle était trop impatiente pour risquer d'en perdre une miette.

— Au début, on s'est juste tenu la main. C'était dingue ! On aurait dit que nos paumes s'aimantaient. J'ai même eu l'impression que ma main avait flotté toute seule dans les airs pour se glisser dans la sienne. Quand je m'en suis rendu compte, on avait déjà pris la direction de sa chambre. Et on ne s'était pas dit un seul mot !

« Quand on est entrés dans la pièce, il m'a lâché la main pour aller vers son lit. Il s'est laissé tomber à la renverse et il est resté là, les yeux au plafond, les mains croisées derrière la nuque. Et puis il s'est mis à parler d'une voix songeuse :

« "Tu dois savoir ce que c'est, toi, d'être là, allongé sur son lit et d'entendre l'autre se cogner partout, quand il rentre après une nuit de beuverie. Moi, je l'entends jurer, brailler, injurier tout le monde. Parfois, je l'entends même pleurer derrière le mur. C'est comme ça qu'il dessaoule.

« — Il doit se sentir coupable de ce qui est arrivé à ta mère."

« Ça me paraissait évident et je lui ai sorti ça sans réfléchir. Mais il a tourné la tête vers moi et il m'a regardée d'un drôle d'air, comme s'il n'y avait pas pensé.

« "Ouais, sans doute, a-t-il murmuré. Peut-être que c'est pour ça qu'il boit de plus en plus : pour oublier. Le problème, c'est que je ne crois pas que ça aide. Au contraire, je crois que ça fait revenir les mauvais souvenirs, comme... comme des fantômes."

« Je lui ai dit qu'il avait sans doute raison, que ça devait être encore plus dur à supporter, et je me suis assise à côté de lui. Il m'a pris la main et il s'est mis à examiner chacun de mes doigts, comme si c'était quelque chose d'étonnant ou de rare. Et puis il a relevé les yeux vers moi et j'ai eu l'impression qu'il me parlait sans avoir besoin de prononcer un mot, qu'il m'envoûtait. Je ne me suis pas rendu compte que je m'étais penchée si loin avant de voir ses lèvres à quelques millimètres des miennes. Il m'a embrassée et, sans trop savoir comment, je me suis retrouvée allongée sur son lit.

« Son visage était au-dessus de moi, tout près, et si grave que j'en avais des coups au cœur. Il m'a embrassée encore une fois, et, quand j'ai senti sa main sur moi et qu'il a commencé à déboutonner mon chemisier, mon cœur s'est affolé comme un petit animal pris au piège. J'étais morte de peur, mais... terriblement excitée, en même temps.

« On n'a pas tardé à se déshabiller et, pendant tout ce temps, je me disais : *Mamie serait en colère si elle savait ça. Tu lui as dit que tu étais une fille sage, qu'elle pouvait te faire confiance et, maintenant, regarde ce que tu es en train de faire*. Mais il y avait aussi une petite voix, au fond de moi, qui me disait que j'étais toujours une fille sérieuse, que ce n'était pas mal faire que de faire ça, que tout ce que je voulais c'était juste un peu d'amour, que j'avais besoin d'amour.

« Et Steve aussi. On se donnait l'un à l'autre quelque chose de précieux, quelque chose dont on avait été privés et qu'on avait attendu si longtemps. Et ce n'est pas de sexe que je veux parler, ai-je ajouté précipitamment en lançant à Jade un regard noir.

Mais elle n'avait manifestement pas eu l'intention de se moquer de moi. Au contraire, elle avait plutôt l'air triste, tout en paraissant pourtant captivée par mon histoire. Mais, le plus curieux, c'était la compassion que j'ai surprise dans ses yeux. Je ne m'y attendais vraiment pas et ça m'a un peu perturbée. J'ai préféré regarder ailleurs et j'ai enchaîné :

— J'ai adoré quand ses lèvres m'ont effleurée de la tête aux pieds. Je me serais donnée à lui sans hésiter, là, à l'instant même. Je sais que c'était stupide de ma part de n'avoir même pas pensé à me protéger – et je ne parle pas seulement de tomber enceinte. J'avais pourtant parfaitement conscience de tout ça, sur le moment, mais ça n'empêchait rien. Du coup, je comprenais comment certaines filles pouvaient oublier toute prudence, comment elles en arrivaient même à perdre la tête. Je me souviens, c'était moi la plus impatiente des deux : c'était moi qui me collais à lui, qui l'aidais à faire descendre la fermeture Éclair de ma jupe, qui me démenais pour abattre tous ces stupides obstacles qui me séparaient encore de lui…

« Il a repoussé la couette et je me suis glissée dessous pendant qu'il finissait de se déshabiller. Il m'embrassait, me caressait et, durant tout ce temps, je pensais : *Je suis une femme, maintenant, et je me fiche de ce qui peut arriver. Je m'en fiche*.

« Je l'ai senti prêt à venir en moi quand, soudain, la porte d'entrée a claqué. Il y a eu un grand éclat de rire et un bruit de chaise renversée. Steve s'est figé et, brusquement, tout son visage s'est crispé. J'ai vu la peur dans ses yeux. Il a sauté du lit.

« "C'est lui, a-t-il dit d'une voix enrouée. Tu ferais mieux de te rhabiller."

« Il n'a pas eu besoin de me le dire deux fois. Pendant que j'enfilais ma jupe, on a distinctement entendu une voix de femme.

« Il a murmuré : "Elle est avec lui : ça va être encore pire."

« Cette fois, mon cœur cognait vraiment dans ma poitrine, mais d'une manière complètement différente : c'était plutôt comme un caisson de basse qui faisait vibrer mon corps tout entier. J'ai senti un frisson glacé courir le long de ma colonne vertébrale. Je n'avais pas encore enfilé mon gilet quand la porte de la chambre s'est ouverte à la volée. Le père de Steve se tenait sur le seuil, tout chancelant. Il nous regardait.

« Il était grand : il avait bien dix ou quinze centimètres de plus que Steve, et il pesait au moins vingt kilos de plus. Il avait des traits plus épais, aussi, et il perdait ses cheveux. Ses yeux avaient cet aspect familier que je ne connaissais que trop bien : vitreux, injectés de sang. En les voyant, je me suis dit que tous les alcooliques se ressemblaient. Il avait cette même lippe pendante, cette même façon de se tenir, instable, mal assurée, ce même regard vide, cette même folie qui lui irriguait le cerveau comme une rivière polluée.

« "Tiens, tiens, tiens ! r'gard'-moi ça ! a-t-il raillé. On dirait qu'le môme s'est trouvé d'quoi s'amuser.

« — La ferme !" lui a répondu Steve.

« Son père a éclaté de rire. Et puis, une petite femme bien en chair est apparue à son côté. Elle avait l'air encore plus saoule que lui. Ses cheveux lui tombaient dans la figure et c'était tout juste si ses seins ne jaillissaient pas de son chemiser moulant presque entièrement déboutonné. Elle n'était pourtant pas si mal, avec sa peau mate couleur café au lait et ses taches de rousseur sur les joues, à tel point que je me demandais ce qu'elle faisait avec un type aussi moche – si Steve était mignon, il était clair qu'il ne tenait pas de son père.

« La bonne femme a ricané : "Allez, laisse-le tranquille. Faut qu'il apprenne. C'est comme le reste : plus on s'entraîne, plus on d'vient bon.

« — Ça c'est sûr, a répondu son père, en se balançant dangereusement. Il était grand temps qu'y s'en dégotte une. J'commençais à m'dire qu'il était pas normal.

« — Tu vas la fermer ta gueule, oui !" a hurlé Steve.

« Son père s'est redressé. On aurait dit qu'il enflait. Ses épaules sont remontées d'un cran et son cou s'est mis à gonfler.

« "C't'à moi qu'tu parles com' ça, gamin ?

« — Allez, laisse-les tranquilles", a insisté sa copine, en essayant de l'entraîner dans le couloir.

Mais le père de Steve restait là, vacillant, si massif qu'il bouchait pratiquement tout l'encadrement de la porte. Elle avait beau le tirer par la manche, il ne bougeait pas d'un pouce. Elle a laissé tomber et s'est éloignée dans le couloir.

« Steve leur a tourné le dos.

« "Essaye pas d'la ram'ner avec moi, sinon... ! l'a menacé son père, en pointant sur lui un index gros comme un barreau de chaise.

« — Allez, viens, m'a dit Steve. On s'en va."

« J'étais terrorisée, mais je l'ai suivi. Un petit rictus a commencé à se dessiner sur les lèvres de son père tandis que son regard passait directement de mon visage à ma poitrine, où il s'est attardé un long moment, avant de descendre plus bas, toujours plus bas, pour remonter lentement. J'avais l'impression d'être toute nue.

« "C't'un joli p'tit lot, a-t-il commenté. Qu'est-ce qu'elle fiche avec toi ?"

« Et il a éclaté de rire. Steve s'est interposé, poussant son père du coude pour qu'il me laisse passer. Je ne l'ai pas vu faire, mais j'ai entendu la claque que son père lui donnait derrière la tête. Steve n'a pas réagi. Il m'a seulement posé la main dans le dos pour m'inciter à accélérer. C'est là que son père a commencé à ruer dans les brancards.

« “Non mais, c’est moi qu’tu pousses com’ ça, gamin ? C’est moi qu’ tu pousses com’ça ? T’as pas intérêt à m’manquer d’respect, fiston. Chuis ton père, t’entends ? Chuis ton père : tu m’dois l’respect !”

« On est allés se réfugier dans la cuisine. Mais la copine de son père y était déjà. Elle se servait un gin.

« “Un p’tit coup pour la route ? nous a-t-elle proposé, en se tournant vers nous. Mais just’une goutte, hein, pas plus. C’est pas qu’j’vous trouve trop jeunes. C’est juste que j’ai pas envie d’vous en faire cadeau.

« — Vous pouvez vous l’garder et même vous noyer d’dans, lui a répondu Steve.

« — Qu’est-ce t’as dit à Debbie ?” a hurlé son père.

« Steve m’a entraînée vers la porte d’entrée et on est sortis en trombe, avec son père qui nous courait après en braillant : “Qu’est-ce t’as dit là ? Qu’est-ce t’as dit à Debbie ?”

« Debbie riait si fort que ça s’entendait jusque dans la rue. Vous ne pouvez pas savoir combien j’ai été soulagée quand la porte a claqué derrière nous ! N’empêche qu’on a quand même remonté l’allée en quatrième vitesse.

« “Je vais te raccompagner jusqu’à l’arrêt de bus et j’attendrai avec toi, m’a dit Steve, après avoir repris son souffle. Je suis désolé pour tout ça. En tout cas, maintenant, tu vois dans quel enfer je vis.”

« J’en étais malade pour lui. Mais j’étais bien contente de laisser ce cauchemar derrière moi et de rentrer chez mamie.

« À l’arrêt de bus, Steve s’est assis et il a baissé la tête, se confondant en excuses, jurant qu’il allait régler ça.

« J’ai essayé de l’en dissuader : “Ne le provoque pas, Steve, ça ne peut t’attirer que des ennuis. Et puis, bientôt, tu seras libre de faire ce que tu veux. Tu toucheras ton héritage et tu pourras partir.

« — Ce sera jamais assez tôt”, a-t-il bougonné.

« Le bus s’est fait attendre et on a eu tout le temps de se remettre de nos émotions. J’en ai profité pour lui annoncer que mamie l’invitait à dîner.

« “Elle voudrait vraiment te rencontrer, tu sais. Rodney n’arrête pas de parler de toi.”

« Ça l'a fait rire et il m'a promis de venir dès que mamie aurait fixé une date. J'espérais que ce serait le week-end suivant. J'avais déjà hâte d'y être.

« Je lui ai confié ce que j'avais dans l'idée : qu'on pourrait peut-être emmener Rodney au zoo et rentrer dîner à la maison après.

« Il a juste dit "impec'", et puis le bus est arrivé, on s'est embrassés et je suis partie. Il est resté longtemps sur le trottoir à me regarder : jusqu'à ce que le bus tourne le coin de la rue.

« Pendant que le bus s'éloignait, je me disais : *Mamie avait raison. On peut toujours trouver plus malheureux que soi*. En tout cas, moi, ce n'était pas sur mon sort que je m'apitoyais, ce soir-là.

J'ai regardé les autres filles. Elles avaient le regard fixe et semblaient retenir leur souffle, comme des plongeurs en apnée.

— Mais je n'avais même pas idée, à ce moment-là, de ce qui nous attendait, lui et moi.

8

— Le lendemain matin, j'ai attendu Steve devant son casier jusqu'à la sonnerie. Pour rien : on ne l'a pas vu au lycée de la journée. À la coupure de midi, j'étais tellement inquiète que j'ai appelé chez lui. Mais une opératrice m'a répondu que la ligne avait été coupée.

« Alors, j'ai hurlé dans l'appareil : "Pourquoi ?"

« Elle m'a raccroché au nez. J'étais verte de rage. Après les cours, j'ai ramené Rodney à la maison en vitesse et j'ai crié depuis la porte : "Il faut que j'y aille, mamie. Je ne rentrerai pas tard." Elle a bien essayé de me retenir, mais j'ai fait celle qui n'entendait pas. Tout juste si je ne me suis pas sauvée en courant. Je n'avais pas fait dix pas qu'il se mettait à pleuvoir. J'ai raté une correspondance et j'ai été obligée de courir sous l'averse sur plus d'un kilomètre pour attraper un autre bus. Il était presque cinq heures quand je suis arrivée dans la rue où habitait Steve. J'étais trempée jusqu'aux os, fringues et tennis compris.

« Rien n'avait changé depuis la veille. La maison était juste un peu plus sombre. Normal : le ciel était couvert, et puis il n'y avait aucune lumière à l'intérieur. J'ai frappé et j'ai attendu. Pas de réponse. J'ai recommencé, plus fort. Finalement, la porte s'est ouverte et Steve est apparu. Il avait un énorme bleu sur la pommette droite et sa joue était tout enflée. Dans ses yeux, j'ai d'abord vu la surprise, et puis la joie, mais c'est finalement la colère qui l'a emporté.

« "Qu'est-ce que tu viens faire ici ?" a-t-il aboyé, en détournant la tête pour cacher sa blessure.

« Je lui ai expliqué que j'avais été très inquiète de ne pas le voir au lycée, que j'avais essayé de t'appeler, à midi, mais que sa ligne était coupée.

« "Tu parles ! il a encore oublié de payer !" a-t-il craché.

« J'ai murmuré : "Ma mère, aussi, elle oubliait tout le temps." Il a secoué la tête sans me regarder.

« La pluie tombait de plus en plus fort. Le vent la rabattait sous le porche et j'étais frigorifiée. J'ai fini par lui demander si je pouvais entrer.

« Il ne m'a pas répondu, mais il s'est écarté pour me laisser passer.

« "Pourquoi tu n'allumes pas la lumière ? je lui ai demandé. Il fait si sombre ici. Ils ne vous ont pas coupé aussi l'électricité, au moins ?

« — Non. C'est juste que… J'étais dans ma chambre. Je ne m'en suis même pas aperçu." Il m'a dit ça d'une voix lointaine, les yeux rivés au plancher.

« On ne pouvait pas rester comme ça, avec ce silence. Alors, j'ai pris mon courage à deux mains et je l'ai questionné : "Qu'est-ce qui s'est passé, Steve ? Il t'a battu quand tu es rentré, hier soir, c'est ça ?

« — Je ne veux pas en parler, m'a-t-il répondu. Tu n'aurais pas dû venir.

« — Pourquoi ? Il est là ?" Ça aurait pu expliquer sa froideur envers moi. Mais ça a surtout réveillé mon angoisse de la veille. Steve avait raison : j'aurais mieux fait de ne pas venir.

« Mais il m'a tout de suite rassurée : "Non, il est chez Debbie. Elle fête son anniversaire, ce soir. Encore un excellent prétexte pour se prendre une bonne cuite", a-t-il ajouté, d'un ton sarcastique.

« Je lui ai dit, à mi-voix, que j'étais désolée. Il s'est alors tourné vers moi et il m'a demandé : "De quoi ?"

« Je lui ai avoué que je me sentais un peu coupable, que je pensais que c'était peut-être moi qui avais provoqué tout ça en venant chez lui, la veille.

« Il m'a rétorqué : "Mes galères ne datent pas d'hier, tu sais." Et puis, il a ajouté avec un sourire super craquant : "Je risquerais bien plus que ça pour t'avoir auprès de moi." Et, tout à coup, il s'est exclamé, comme s'il venait seulement de s'en rendre compte : "Non mais, regarde-toi ! Mais, tu t'es fait saucer !"

« J'ai acquiescé en riant. En fait, je dégoulinais de partout et je commençais à grelotter.

« "Viens par là, m'a-t-il dit, en m'entraînant vers sa chambre. Je vais te trouver des serviettes propres. Tu pourras t'essuyer et te servir du sèche-cheveux de ma mère. Il marche encore."

« Il m'a apporté deux ou trois serviettes et m'a regardée me sécher les cheveux. Et puis j'ai commencé à enlever mes fringues mouillées – je m'étais dit que je pourrais les mettre à tourner dans le sèche-linge un petit quart d'heure. Il restait là, sans bouger. Alors, j'ai continué jusqu'à ce que je n'aie plus rien à enlever.

J'ai entendu Misty déglutir, et Cat avait baissé les yeux, comme si elle ne pouvait pas me regarder en face. Seule Jade, son petit sourire satisfait aux lèvres, avait l'air de trouver ça distrayant.

— Oui, ai-je murmuré, rageant intérieurement de lui faire ce plaisir. Oui, je l'ai fait.

Je me suis tue. Elle a eu l'air déçue : elle a dû croire que je n'allais rien leur raconter. Mais je l'ai vite rassurée :

— Son expression s'est soudain adoucie, comme si toute sa souffrance et toute cette colère qui grondait en lui se volatilisaient sous mes yeux. Il ressemblait tellement à un petit garçon, tout à coup. Ça m'a fait fondre.

« J'avais encore la peau mouillée, mais je ne me suis pas essuyée. Je sentais le désir monter et je n'avais plus du tout froid. Au contraire, j'avais plutôt l'impression d'avoir la fièvre.

« Il s'est approché pour me chuchoter à l'oreille "Tu es si belle" et il m'a embrassée. Il m'a soulevée dans ses bras et il m'a délicatement posée sur le lit, puis il s'est redressé pour se déshabiller à son tour. Et on s'est encore retrouvés sous sa couette, dans les bras l'un de l'autre, à s'enlacer, s'embrasser, se caresser.

« À un moment, il a relevé la tête et il m'a dit : "Hier soir, quand ça a été fini, je me suis endormi en pensant à toi, en t'imaginant dans mes bras, ici même. J'ai prié le ciel pour que ça se réalise un jour et voilà que j'ouvre la porte et que je te vois devant moi, comme un rêve devenu réalité."

« Je me suis représenté la scène vue de son côté et je lui ai demandé, en riant : "Même avec mes cheveux dégoulinants ? Je devais plutôt avoir l'air d'un chat mouillé, non ?

« — Vraiment pas, m'a-t-il répondu, le plus sérieusement du monde. D'habitude, moi, les rêves, les prières, les vœux qu'on fait avec les étoiles filantes ou en croisant les doigts, c'est vraiment pas mon truc. Mais, en venant hier, tu m'as redonné l'espoir, l'envie de croire que tout peut arriver, même le bonheur."

« À l'entendre, on aurait pu penser que j'avais hésité des heures et des heures avant de venir – comme si ça avait été pour moi la décision du siècle !

« Il s'est penché vers moi et il a chuchoté : "En fait, j'espérais vraiment que tu reviendrais. Je t'attendais."

« Et, pour me le prouver, il a sorti un préservatif de sous l'oreiller. Évidemment, j'en avais déjà vu et je savais à quoi ça servait, mais ça m'a quand même fait un peu... peur. Il s'en est aperçu et il m'a dit : "On n'est pas obligés d'aller plus loin, si tu ne veux pas, tu sais."

— Et qu'est-ce que tu lui as répondu ? a lâché Misty, le souffle court.

Il faut dire que je m'étais tue, brusquement. Ce n'est pas que je voulais faire durer le suspens, mais – c'était plus fort que moi – rien que d'en reparler, mon cœur s'emballait. J'avais besoin de me calmer, de me remettre les idées en place avant de continuer :

— Rien. Je l'ai juste embrassé : c'était suffisant comme réponse, non ?.... Mais, tu sais, ça n'a pas été aussi douloureux pour moi que pour toi. Et ce n'est pas parce que je n'étais pas vierge. Simplement, ce n'est pas pareil pour tout le monde.

« Après, on s'est endormis dans les bras l'un de l'autre. On a bien dormi au moins une heure et demie. C'est moi qui ai ouvert les yeux la première. Je le regardais, sans oser bouger. Mais il a dû sentir mon regard parce qu'il s'est réveillé presque aussitôt. Alors, on s'est dit bonjour avec plein de sourires et de petits baisers tout doux, jusqu'à ce que je me rende compte de l'heure. J'imaginais déjà la colère et l'inquiétude de mamie, surtout que je ne pouvais pas l'appeler pour la tranquilliser.

« Je lui ai dit qu'il fallait que j'y aille, que je trouve un téléphone et que je rentre.

« Comme j'avais complètement oublié de sécher mes fringues, il m'a prêté un de ses pulls et un jean à lui – qui était dix fois trop grand pour moi, forcément, mais j'ai roulé les jambes et je l'ai remonté en le maintenant avec une ceinture. J'ai séché mes tennis au sèche-cheveux et j'ai enfilé une de ses paires de chaussettes. Je devais avoir un look d'enfer ! Mais je m'en fichais. En fait, j'étais même contente de porter ses vêtements. J'ai mis les miens dans un sac en plastique et il m'a raccompagnée jusqu'à l'arrêt de bus. On a bien trouvé une cabine téléphonique en chemin, mais un crétin avait mis du chewing-gum dans les fentes. Alors je lui ai dit qu'il valait mieux que je rentre directement. J'ai poussé un gros soupir et je lui ai demandé s'il viendrait en cours le lendemain.

« "Oui, m'a-t-il répondu. Je te retrouverai devant ton casier à moins le quart."

« Le bus est arrivé juste après. Je suis montée dedans et je me suis retournée pour lui faire un signe de la main. Il avait l'air si heureux. Et moi, j'avais tellement d'amour pour lui, tellement d'espoir aussi ! Mon cœur battait si fort rien qu'à le regarder ! J'avais l'impression que tous mes mauvais souvenirs s'effaçaient devant son sourire. Je me disais : *L'amour est vraiment plus fort que la haine*.

« Je ne savais pas, je... je ne savais pas.

Je pleurais à chaudes larmes et j'avais la gorge tellement serrée que je ne pouvais même plus avaler.

— Doucement, a murmuré le Dr Marlowe. C'est très bien, Star. Il t'a déjà fallu beaucoup de temps pour en arriver là. Ce serait dommage d'abandonner maintenant.

J'ai hoché la tête. Et puis j'ai respiré un bon coup et j'ai regardé les autres. Elles avaient toutes cette même angoisse dans les yeux. Misty et Jade s'étaient rapprochées l'une de l'autre, comme des gosses apeurées, et Cat s'était entourée de ses bras, comme si elle craignait de se disloquer et de tomber en morceaux. J'ai pris mon courage à deux mains et j'ai plongé :

— Mamie était très inquiète quand je suis rentrée, forcément. Elle avait dîné avec Rodney et fait la vaisselle, mais elle avait aussi laissé une assiette pour moi sur la table et gardé du ragoût au chaud. Ah, mamie ! on ne la changera pas !

« “Où t'étais passée ? m'a-t-elle demandé, sans quitter son rocking-chair. Je m'faisais un sang d'encre. Et comment t'es fagotée ? Où sont tes affaires ?

« — Là, mamie, je lui ai répondu, en soulevant le sac en plastique pour le lui montrer. Je me suis fait surprendre par l'averse et j'ai été trempée comme une soupe.

« — Et ça sort d'où, c'déguisement ? a-t-elle continué, en m'examinant de la tête aux pieds entre les fentes noires de ses yeux plissés.

« — C'est à Steve.” Et j'ai aussitôt enchaîné sans lui laisser le temps de respirer : “Je suis désolée, mamie, d'avoir filé comme ça, sans prévenir. Mais je ne pouvais pas faire autrement. Et je n'ai pas pu t'appeler, en plus : le père de Steve n'a pas payé la note de téléphone et leur ligne est coupée. Je me doutais bien qu'il s'était passé quelque chose quand je n'ai pas vu Steve au lycée de la journée.”

« Je lui ai parlé du coup qu'il avait reçu à la joue et je lui ai expliqué que j'étais restée chez lui pour lui remonter le moral et... Non, ai-je ajouté aussitôt, pour couper l'herbe sous le pied à cette pimbêche de Jade. Non, je ne lui ai pas dit ce qu'on avait fait et je ne suis pas entrée dans les détails.

« “Ça m'plaît pas, Star, a-t-elle grommelé. Tu f'rais mieux d'pas remettre les pieds dans cette maison. Promets-moi que tu n'y r'tourn'ras pas.”

« Mais j'ai secoué la tête et je lui ai répondu : “Je ne peux pas te faire cette promesse-là, mamie. J'aime Steve, tu comprends ?”

« Elle a fait la grimace. Elle fronçait tellement les sourcils que son front ressemblait à un éventail. Elle a secoué la tête et elle s'est exclamée : “Seigneur ! Mais on peut pas aimer personne si vite ! Et puis t'es bien trop jeune pour dire des choses pareilles. T'en va pas mal tourner et faire les mêmes bêtises que ta mère pour te r'trouver coincée comme elle, mon p'tit. Tu r'tourn'ras pas dans c'te maison, t'entends ? Jure-moi qu't'y r'mettras plus les pieds."

« J'ai secoué la tête encore une fois et j'ai crié : "Non ! je jurerai jamais ça !" en courant m'enfermer dans ma chambre.

« Je suis restée longtemps à me regarder dans la glace. Et puis, tout à coup, j'ai fondu en larmes. Elle est venue frapper à ma porte pour me demander : "Tu viens manger ?"

« J'ai refusé, mais elle a insisté : "Allez, viens donc, maint'nant. Viens manger un peu d'ragoût.

« — Non, mamie, je n'ai pas faim.

« — Si tu n'manges pas quelque chose de chaud après t'être fait tremper com' ça, tu vas attraper mal. Allez ! viens manger. Enlève-moi c'déguisement et sors de là, Star."

« Elle avait déjà été assez éprouvée comme ça. Je n'ai pas voulu en rajouter. Alors, j'ai obéi. Rodney est venu s'asseoir en face de moi, pendant que je dînais, pour me parler d'un nouveau jeu qu'il avait appris en cours de gym. Mais je ne l'écoutais pas. Je pensais sans cesse à Steve et au moment qu'on avait passé ensemble. Je le revoyais devant l'arrêt de bus, au moment où je lui avais fait un signe de la main. C'était comme une photo à jamais gravée dans ma mémoire.

« Mamie ne m'en a pas reparlé. Elle est allée directement dans le salon pour regarder la télé. Rodney l'a suivie pendant je retournais m'enfermer dans ma chambre. Je n'ai fait que penser à Steve. J'imaginais notre vie : quand il serait majeur et qu'il pourrait toucher son héritage, on partirait ensemble et puis on se marierait et on s'aimerait toute la vie comme jamais personne n'aurait aimé avant nous. Je deviendrais une bonne mère et Steve ferait un bon père parce qu'on savait trop, tous les deux, ce que c'est que de grandir sans l'amour de ses parents.

« Mamie est venue me voir, avant de se coucher, pour me demander comment j'allais.

« "Je vais bien, mamie, je lui ai dit. Et je suis sincèrement désolée. Je ne voulais pas te faire de peine. Mais il fallait vraiment que j'y aille."

« Elle m'a regardée un long moment et puis elle a ronchonné : "J'espère que tu es toujours une bonne fille, Star.

Y a rien d'plus facile à perdre au monde que l'respect de soi-même et c'est aussi la chose la plus dure à récupérer. T'as qu'à voir ta mère."

« J'en avais marre d'être comparée à ma mère. Ça me rendait malade. Alors, je lui ai tourné le dos et j'ai fait mine de m'endormir. Mais je n'arrivais pas à trouver le sommeil. Même si j'avais toujours ma conscience pour moi, les avertissements et le regard réprobateur de mamie me poursuivaient. Pourtant, j'aimais vraiment Steve de tout mon cœur. Je ne voyais pas comment j'aurais pu aimer quelqu'un d'autre, ni aimer plus que ça et je me disais : *Si ce n'est pas ça l'Amour, si je suis trop jeune pour savoir ce que c'est, alors je ne le saurai jamais*.

« Le lendemain matin, mamie semblait de meilleure humeur. J'ai accompagné Rodney à l'école, comme d'habitude, mais j'étais tellement impatiente d'être au lycée que je suis arrivée en avance. J'ai traîné un peu devant les casiers, en faisant celle qui rangeait ses affaires, mais les minutes passaient, passaient... La première sonnerie a retenti et, une fois de plus, Steve n'était pas là. J'ai attendu aussi longtemps que j'ai pu et je suis arrivée en retard en cours. Ça n'a pas plu au prof qui m'a crié dessus pendant au moins cinq minutes. Mais je n'ai pas entendu un mot de ce qu'il disait. J'espérais toujours que Steve allait arriver. Je n'avais que ça en tête.

« Je vois bien que vous savez déjà ce que je vais vous dire, ai-je soupiré en lisant la consternation sur le visage des autres. Et vous avez raison : il n'est jamais venu.

— Oh non ! s'est écriée Misty.

— Si. Son père et lui se sont disputés et ça a été encore pire que la veille. Je ne sais pas pourquoi. Je n'ai jamais réussi à savoir ce qui s'était vraiment passé. Mais j'ai toujours pensé qu'ils s'étaient battus à cause de moi.

— Comment ça se fait que tu n'aies jamais rien su ? m'a demandé Misty. Steve n'a pas voulu te raconter ?

— Ce n'est pas qu'il n'a pas voulu : il n'a pas pu.

Jade avait répondu à ma place. Elle avait rivé ses yeux aux miens et son regard me transperçait comme un poignard.

— N'est-ce pas ? a-t-elle insisté.

J'ai répondu d'une voix mal assurée :

— C'est ça. Il n'a pas pu.

— Pourquoi ? s'est obstinée Misty.

J'ai fermé les yeux et tout est sorti comme ça, d'un trait :

— Son père lui a vraiment tapé dessus comme une brute, mais Steve s'est défendu. Alors, son père a frappé plus fort, si fort que Steve est tombé dans le coma.

C'était un peu comme quand on vous dit d'avaler de l'huile de foie de morue : on veut se débarrasser de la corvée au plus vite.

Après, personne ne disait plus rien. Elles attendaient toutes que j'ouvre les yeux et que je reprenne mon souffle. J'ai regardé le Dr Marlowe. C'était toujours difficile de passer ce cap-là. Parfois j'y arrivais, mais, le plus souvent, je n'y arrivais pas.

— Pendant toute la journée, au lycée, je me suis dit qu'il allait arriver, qu'il serait en retard, mais qu'il viendrait, et je l'attendais. Je savais qu'il serait venu, s'il avait pu, parce qu'il se serait bien douté de l'état dans lequel je serais en ne le voyant pas arriver. Mais la fin des cours a sonné sans qu'il se soit manifesté. En classe, j'étais comme un zombie. Je n'écoutais pratiquement rien. En maths, je n'ai même pas entendu le prof m'interroger et je me suis fait sonner les cloches devant tout le monde. Mais ça m'était bien égal.

« J'avais peur d'aller chez lui en sortant du lycée, peur de ce que mamie dirait, de sa colère, des conséquences que ça pourrait avoir sur sa santé, mais je ne savais pas quoi faire d'autre. Je ne pouvais toujours pas appeler puisque la ligne était coupée.

« En rentrant, j'ai dit à mamie que Steve n'était pas venu en cours et que j'étais très inquiète. Elle m'a fait tout un sermon comme quoi je n'avais pas à me mêler des relations que Steve entretenait avec son père et que, vu l'état dans lequel étaient justement ces relations et "la vie chez ces gens-là", je ferais bien mieux de ne plus penser à ce garçon. Mais il était trop tard : je pensais déjà à ce garçon. Je ne pensais même plus qu'à lui. Je n'ai rien pu avaler, ce soir-là. J'ai fait de mon mieux pour faire plaisir à mamie et je l'ai aidée pour la vaisselle. Mais, après, j'ai traîné à travers la maison comme une âme en peine, espérant qu'il parviendrait à trouver un téléphone et qu'il m'appellerait. *Pourquoi il ne m'appelle pas ? Pourquoi il ne m'appelle pas ?* Cette question m'obnubilait.

« J'ai tant de fois résisté à la tentation de courir chez lui, cette nuit-là ! Mais je me raccrochais à l'espoir de le voir le lendemain au lycée. *Le mystère sera bientôt éclairci.* C'était ce que je me répétais pour me rassurer. Peut-être qu'il avait simplement trop honte pour se montrer avec une bosse grosse comme un œuf sur la pommette.

« Mais ça ne l'aurait tout de même pas empêché de m'appeler ou de se débrouiller pour me faire parvenir un message. Non. Il y avait un truc louche là-dessous. Au fond de mon cœur, je savais qu'il s'était passé quelque chose. Je le sentais là, au creux de mon ventre.

« Le lendemain, j'ai encore attendu devant son casier. Mais, cette fois, au lieu d'aller en cours après avoir patienté pour rien, je suis allée directement au secrétariat pour demander à voir Mr VanVleet, le conseiller d'éducation, celui avec lequel Steve avait eu une conversation, au sujet de ses relations avec son père, et dont il semblait respecter l'opinion.

« "Qu'est-ce que je peux faire pour toi, Star ? m'a demandé Mr VanVleet. Tu vas encore arriver en retard en cours, tu sais ça ?

« — Je sais, mais il faut que je vous parle." Je lui ai répondu d'un ton si désespéré qu'il ne pouvait pas refuser de m'écouter. Il a juste dit à sa secrétaire d'informer mon prof principal que j'étais avec lui et il a repris sa place derrière son bureau.

« "Bien, a-t-il dit. Qu'y a-t-il donc de si important, aujourd'hui ?"

« Je n'y suis pas allée par quatre chemins et je lui ai lancé : "Je suis inquiète pour Steve Gilmore." Je lui ai raconté qu'on devait se retrouver devant mon casier, la veille, et que j'avais aussi attendu ce matin-là en vain. Je lui ai rapidement expliqué pourquoi j'étais si angoissée. Il m'a laissée finir sans m'interrompre, mais, quand je me suis tue, il a examiné son bureau un long moment sans répondre. Et puis, il a hoché la tête et il a finalement levé les yeux vers moi.

« "Je suis navré d'avoir à t'apprendre qu'avant-hier, dans la nuit, la police est intervenue pour voies de fait au domicile des Gilmore, m'a-t-il déclaré d'une voix monocorde. Après avoir été appelés par une femme anonyme, les secours ont trouvé Steve étendu sur le sol, inconscient. Son père a été arrêté. Steve a été transporté à l'Hôpital Sainte-Marie. Il est dans le coma."

Je me suis tournée vers le Dr Marlowe.

— Les choses deviennent un peu... floues pour moi, à partir de là. Je crois que... que c'est là que... qu'on en était restées.

Elle a hoché la tête en silence.

— Je me souviens juste de... de la douleur. C'est comme quand on se coupe sur le fil d'une feuille de papier. C'est si aigu, si inattendu aussi. C'est ce que j'ai ressenti, sauf que, là, c'était en plein cœur. J'ai cru que je me vidais de mon sang. Ma tête est devenue légère, légère. J'avais les jambes en coton. Mais je ne me suis pas évanouie. Je me souviens d'avoir hoché la tête avant de quitter son bureau sans un mot.

« Quand je suis arrivée dans le couloir, je me rappelle que j'ai jeté un coup d'œil en direction de ma salle de classe. Je me suis pourtant retrouvée dehors. J'ai couru. Longtemps. Je sais que j'ai tourné à droite à un moment, mais ne me demandez pas comment j'ai su où j'allais. J'imagine que, dans ces cas-là, quelque chose prend le relais là-haut, ai-je dit, en désignant ma tête. Une sorte de pilote automatique qui vous dirige comme on programme un robot.

« Tout ce que je sais, c'est que je me suis retrouvée devant l'entrée de l'hôpital. Je n'ai pas pensé aux conséquences que ma réaction pourrait avoir au lycée ou sur la santé de mamie. Ça ne m'a même pas traversé l'esprit. Je me disais que si je pouvais seulement parler à Steve, lui prendre la main, il se réveillerait peut-être, qu'on pourrait reprendre le fil de notre histoire et vivre ce merveilleux bonheur qui nous attendait.

« C'est ce qui m'a donné la force de franchir la porte de l'hôpital pour aller me renseigner à l'accueil. Ils m'ont dit qu'il était en “Réanimation” et que seule sa famille proche pouvait le voir. J'ai répondu qu'il n'y avait pas de problème, que j'étais sa sœur. Personne ne m'a rien demandé, alors j'ai suivi les instructions qu'on m'avait données et j'ai pris l'ascenseur.

« Quand j'ai ouvert la porte du service de Réanimation, j'ai tout de suite été interceptée par une infirmière. J'ai répété que j'étais la sœur de Steve. Elle n'a pas eu l'air de me croire, mais quelque chose dans mon regard a dû lui faire comprendre que, si elle ne me conduisait pas sur-le-champ auprès de lui, il allait y avoir du grabuge.

« “Il est toujours inconscient.” C'est tout ce que j'ai obtenu comme information. Elle m'a guidée jusqu'à son lit et m'a dit que je ne pourrais pas rester plus de dix minutes.

« Un bandage lui entourait la tête et une autre grosse meurtrissure lui déformait le visage, sur le côté gauche de la mâchoire. Il avait les yeux fermés, si hermétiquement que ses paupières semblaient avoir été cousues. Il avait des tuyaux partout et tout un tas de trucs qu'on lui injectait dans le bras.

« Je lui ai tout de même pris la main et je me suis mise à lui parler :

« “Je suis là, Steve. C'est moi, Star. J'étais sûre qu'il t'était arrivé quelque chose quand je ne t'ai pas vu, hier. Je savais que tu ne m'aurais pas laissée tomber. Oh ! Steve, je t'en prie, fais un effort. Il faut que tu guérisses. Je t'en prie. Réveille-toi.”

« Ils ont dit que je pleurais tellement que l'infirmière avait dû me demander de sortir. Elle m'avait tout de même promis que je pourrais revenir. En fait, le deal, c'était que je pouvais le voir toutes les heures pendant environ dix minutes à chaque fois. Certaines infirmières m'accordaient plus de temps, d'autres moins. J'ai parlé à Steve la deuxième et la troisième fois. Une autre fois, je lui ai juste tenu la main.

« Personne d'autre ne demandait à le voir, forcément : son père était toujours en prison – et, de toute façon, il ne serait sans doute pas venu –, et ce n'était sûrement pas Debbie qui allait se déplacer.

« J'ai laissé passer l'heure du déjeuner sans m'en rendre compte et, quand j'ai pensé à Rodney, il était déjà trop tard. J'ai su, par la suite, qu'il m'avait attendue un bon moment avant de se résigner à rentrer et qu'il avait trouvé son chemin tout seul. Mais il était arrivé en larmes. Prise de panique, mamie avait immédiatement alerté la police. Entre-temps, le lycée avait déjà appelé, de toute façon, et je suppose que c'est Mr VanVleet qui avait orienté les recherches vers l'Hôpital Sainte-Marie : il avait dû se douter que je serais allée voir Steve.

« En fin d'après-midi, avant que la police n'arrive à l'hôpital, il s'est passé quelque chose de grave : Steve a eu une sorte de gros caillot de sang qui lui est monté à la tête. Je ne connais pas tous les détails du dossier médical, mais le cœur a lâché. Je franchissais justement la porte quand ils se sont rués sur son lit pour le ranimer. Je les ai vus s'activer autour de lui. Je les ai vus lui faire tout un tas de trucs. Personne ne s'était rendu compte que j'étais là. Et puis je les ai entendus renoncer ; je les ai vus abandonner.

« Après ça, j'ai des trous. Je vois un policier me parler, m'entraîner vers la porte de l'hôpital, et puis je me vois courir, d'abord dans la rue, puis dans une sorte de passage sombre, entre les poubelles et les carcasses de voiture. Je vois un vieil homme qui me sourit. Il n'a plus de dents. Une barbe hirsute lui mange tout le visage. Je me vois sur un trottoir devant un flot continu de voitures et puis...

J'ai regardé le Dr Marlowe.

— Ils ont dit que j'avais essayé de me tuer en allant me planter au beau milieu de la circulation. Les klaxons retentissaient tout autour de moi. Les gens criaient. Une voiture a pilé et une autre lui est rentrée dedans. Des éclats de verre. Il y avait tant de bruit que j'ai dû me plaquer les mains sur les oreilles de toutes mes forces. En fait, quand ils ont voulu m'emmener, ils ont été obligés de me traîner, de me porter et de me jeter à l'arrière d'une voiture de police pour m'arracher à cet enfer. J'avais toujours les mains collées aux oreilles.

« J'ai fini à l'hôpital, moi aussi. Tout à coup, j'ai cligné des yeux et je me suis retrouvée face à un jeune homme en blouse blanche que je ne connaissais pas, qui me souriait et qui me disait de rester calme. Après, je me souviens d'avoir longtemps balancé entre veille et sommeil. Mamie m'a dit que j'étais restée deux jours comme ça : incapable de comprendre où je me trouvais. Quand elle venait me voir, il paraît que je ne la reconnaissais même pas.

« Ça m'a flanqué une sacrée frousse, forcément. Et j'ai été catastrophée quand j'ai appris, plus tard, tous les problèmes que j'avais causés, les accidents de voiture surtout – il y avait eu des blessés. Mamie était bouleversée, elle aussi. Cette histoire l'avait tellement secouée que j'ai eu peur qu'elle ne fasse une deuxième crise cardiaque. Mais j'étais si faible ; je me sentais si fatiguée... Je ne faisais que dormir.

« Ils m'ont fait suivre par un psychothérapeute à l'hôpital, et puis ils m'ont laissée sortir. Mais mamie a été obligée de m'emmener au tribunal. Le juge m'a accordé une sorte de liberté sur parole à condition que j'accepte de consulter le Dr Marlowe.

« C'est comme ça que je suis arrivée ici. C'était la question à laquelle on était censées répondre, vous vous souvenez ?

Elles ont hoché la tête avec un tel ensemble qu'on aurait dit trois marionnettes reliées par un même fil.

Je me suis calée contre le dossier du canapé, j'ai poussé un profond soupir et j'ai poursuivi :

— Il n'y a pas longtemps, j'ai découvert l'endroit où Steve avait été enterré. Mais je n'ai pas encore pu aller sur sa tombe. Mamie n'y tient pas trop. Elle a peur que ça me donne de mauvaises idées, comme celle de retourner me planter au beau milieu d'une voie express, par exemple. Le Dr Marlowe est censée m'aider à gérer tout ça, n'est-ce pas, docteur Marlowe ?

Même si je ne lui avais pas balancé ça sur un ton aussi agressif, je suis sûre qu'elle aurait senti ma colère tellement je bouillais intérieurement.

— Je ferai de mon mieux, Star. Mais, au bout du compte, la seule personne qui puisse réellement t'aider, c'est toi, m'a-t-elle répondu. Vous aurez toutes à vous impliquer personnellement dans cette démarche thérapeutique que nous entreprenons ensemble, à prendre cet engagement envers vous-mêmes. Encore faudrait-il que vous le vouliez vraiment...

— C'est pratique, a persiflé Jade. Si nous sommes guéries, c'est vous l'héroïne. Sinon, c'est notre faute parce que nous n'avons pas voulu prendre soin de nous.

— Préférerais-tu que je prétende détenir toutes les réponses, avoir dans mon sac quelque panacée miraculeuse ? lui a rétorqué la psy.

Jade s'est contentée de la regarder fixement sans répondre. Elle a enchaîné sur le même ton :

— Je pensais que vous aviez toutes eu votre content de promesses mensongères...

— Qu'est-ce que vous voulez que je fasse ? Que j'oublie tout ce qui s'est passé, comme ça ? lui ai-je lancé, en claquant des doigts.

— Nous avons toutes trouvé que Jade disait des sottises, au déjeuner, quand elle nous souhaitait d'attraper la maladie d'Alzheimer, comme votre mère, a dit Misty. Peut-être que ce n'était pas si bête, après tout. Peut-être que c'est plutôt ce que nous faisons ici qui ne rime à rien.

— Je hais mes souvenirs ! Et je ne veux pas me les rappeler ! Vous n'avez pas le droit de m'y forcer !

Je n'avais vu aucune d'entre nous montrer autant de rage et de hargne que Cat lorsqu'elle avait craché ça à la figure de la psy.

Pendant un moment, j'ai eu l'impression qu'on se montait les unes les autres, qu'on se liguait toutes contre elle. Si elle l'a senti aussi, ça n'a pas eu l'air de la préoccuper beaucoup, en tout cas. Au contraire, on aurait presque dit que ça la réjouissait.

— Vous allez toutes faire ça : chercher des gens qui vous serviront d'exutoire, des cibles sur lesquelles vous allez pouvoir vous défouler, a-t-elle dit d'une voix douce. Cette colère peut se justifier – elle est compréhensible –, mais si vous la laissez devenir votre maître, elle vous gâchera la vie. J'attends de vous que vous la reconnaissiez pour ce qu'elle est, que vous l'assumiez en gérant au mieux ce qui l'a provoquée, puis que vous vous en serviez, que vous la transformiez en énergie positive. En résumé, que vous vous en libériez.

— Élémentaire, mon cher Watson ! a murmuré Jade, d'un ton sarcastique, en détournant les yeux.

— Voulais-tu nous dire autre chose, aujourd'hui, Star ? m'a demandé le Dr Marlowe.

— Non, je ne crois pas.

— Et ta mère ? m'a demandé Misty, tout à coup.

— Ah oui ! maman. Elle a appelé pendant que je suivais ma thérapie à l'hôpital. Elle était en Caroline du Nord, mais plus avec Aaron, cette fois : avec le cousin d'Aaron ! Mamie lui a raconté ce qui s'était passé. Il paraît qu'elle a trouvé « toute c't'histoire franch'ment lamentable », mais elle a dit à mamie qu'elle ne pouvait pas se charger d'un problème pareil, que ce n'était « vraiment pas l'moment ». Elle avait l'intention de nous faire venir, Rodney et moi – comme si on allait avaler ça ! –, mais, quand mamie lui a parlé de ses ennuis, elle a estimé que ce serait mieux si on restait où on était jusqu'à ce qu'elle soit mieux installée pour nous recevoir...

« C'est vous qui parliez de promesses mensongères, tout à l'heure, docteur Marlowe ?

— Exactement, Star. Maintenant, au moins, vous reconnaissez celles auxquelles vous pouvez vous fier et celles qu'il vaut mieux oublier.

— Oh ! ce n'est pas bien difficile, lui ai-je répondu. Toutes les promesses que me fait ma mère, je les jette à la poubelle. Celles des autres, je me contente de ne pas y croire.

Misty a éclaté de rire ; Cat a juste hoché la tête, tandis que Jade soupirait en levant les yeux au ciel, avant de prendre une profonde inspiration pour nous annoncer qu'elle avait eu sa dose de déprime pour la journée.

— J'espère que tu en tireras plus que cela, Jade, lui a dit la psy.

— J'en ai déjà tiré beaucoup plus que cela, a-t-elle reconnu, en se tournant vers moi. Je suis désolée, Star. Je ne voulais pas déprécier ton histoire.

— Ça m'est égal, lui ai-je répliqué.

— Je sais bien que non, a-t-elle aussitôt riposté.

On s'est fusillées du regard, mais le Dr Marlowe s'est levée pour se diriger vers la porte et on l'a toutes imitée.

— Parfait, mesdemoiselles, a-t-elle conclu. Merci encore. Demain, Jade ?

— Je ne voudrais rater cela pour rien au monde, lui a répondu la pimbêche d'une voix cassante. La chance d'être à mon tour une Star.

Elle m'a regardée en riant. J'ai ri aussi – il y a des moments où il vaut mieux en rire.

La mère de Misty ne s'était pas déplacée, cette fois : elle lui avait envoyé un taxi.

— Et encore une facture pour papa ! a claironné Misty, un large sourire aux lèvres.

La limousine de Jade suivait juste derrière. De l'autre côté de l'allée, la mère de Cat attendait, assise derrière son volant, nous épiant comme un oiseau de proie. Elle ne nous regardait pas franchement, mais on sentait que ses yeux ne nous lâchaient pas.

Mamie est arrivée la dernière.

— Quel est le nom de ta grand-mère ? m'a subitement demandé Jade.

— Betty. Betty Anthony.

La démarche nonchalante, elle s'est dirigée vers sa limousine, puis elle a obliqué vers la voiture de mamie.

— Bonjour, Mrs Anthony, lui a-t-elle dit. Je m'appelle Jade.

Mamie lui a répondu avec un grand sourire.

— Bonjour, s'est écriée Misty, avec un signe de la main, tout en se précipitant vers son taxi. Je m'appelle Misty.

— Bonjour ! s'est époumonée à son tour mamie, en riant.

Rejoignant à pas lents la voiture de sa mère, Cat a prolongé son trajet jusqu'à la voiture de mamie pour venir la saluer.

— Je m'appelle Cathy, lui a-t-elle murmuré, en baissant la tête.

Mamie n'avait pas encore ouvert la bouche qu'elle avait déjà tourné les talons.

— Pour sûr qu'elle est timide, cette petite, m'a soufflé